사랑을 연습한 시간

사랑을 연습한 시간

엄마의 책장으로부터

신유진 에세이

오후의소묘

차례

이야기로 나아가기

이야기는 건넌방에서 시작됐다. 작은 창으로 손바닥만 한 세상이 보이던 방, 그 방에 스물세 살의 여자와 아기가 있었다.

여자는 아기가 태어난 이후로 몇 날 며칠 잠을 자지 않았다. 누운 아기를 보면 덜컥 무서운 생각이 들었기 때문이다. 잠든 사이, 화장실에 다녀온 사이, 밥 먹는 사이, 여자는 아기가 숨을 쉬지 않을까 봐, 작은 몸이 부서질까 봐 두려웠다. 마르그리트 뒤라스는 출산을 죄책감이라고 했다. 출산은 아기를 놓아버리는 것이며, 태어난 생명의 첫 표명은 고통이라고.* 실제로 출산 후 여자가 느꼈던 감정은 행복이나 충만함이 아닌 두려움과 불안이었다. 위태로운 생명과 이름 붙일 수 없는 낯선 감정, 두 사람의 감옥이 될 것만 같은 건넌방이 때때로 여자를 숨 막히게 했다. 하지만 여자는 그 불안과 두려움으로부터 아기를 보호해야 한다고 생각했다. 여자는 밤새 아기를 지켰다. 졸음이 밀려올 때나 아기가 자지러지게 울 때는 이야기를 시작했다.

"옛날에 의심이 많은 왕이 있었어. 이야기하는 여자가 있었어. 거대한 뱀과 싸운 남자가 있었어. 모험을 즐기는 남자아이가 있었어. 그들은 오래 행복하게 살았어."

'있었다'로 시작해서 '살았어'로 끝나는 이야기들.

여자는 어릴 때부터 이야기를 좋아했다. 여자의 엄마가, 할머니가 들려줬던 이야기는 여자를 먼 곳까지 데려갔다. 세상에서 제일 높은 산, 모래사막, 푸른 바다. 마늘을 먹고 사람이 된 곰도 있었고, 여우가 된 여자도 있었다. 여자는 이야기를 들으며 한 가지 사실을 깨달았다. 이

---

* 마르그리트 뒤라스·미셸 포르트, 《뒤라스의 그곳들》, 백선희 옮김, 뮤진트리, 2023.

야기는 무언가를 변화시킨다는 것. 곰이든 여우든 사람이든 모두 변했다. 시작과 끝이 똑같은 이야기는 단 하나도 없었다.

여자가 가장 좋아했던 이야기는 천일야화였다. 천 일 동안 멈추지 않는 이야기라니! 손가락, 발가락을 다 더해도 가늠할 수 없는 시간 동안 계속되는 그 이야기가 여자에게는 거대한 세계처럼 느껴졌다. 언젠가 만질 수 있는, 가볼 수 있는 세계. 여자는 책 속에서 봤던 셰에라자드의 그림을 일기장에 붙여뒀다. 머리에 두른 보석보다 눈이 더 반짝였던 여자, 무서운 왕을 변화시킨 이야기꾼. 여자는 자신도 언젠가 셰에라자드가 되리라고 생각했다. 할머니와 어머니가 그랬던 것처럼, 아이를 안은 다른 여자들이 그랬던 것처럼. 이야기로 무엇을 바꿀 수 있을까? 사나운 어둠을 없앨 수 있을까? 이야기의 무엇이 사람을, 세계를 뒤바꿔 놓을까? 여자는 늘 궁금했다.

시간이 흘러 여자가 자기만의 이야기를 시작할 때, 여자는 바뀌는 것은 왕이나 어둠이 아니라, 이야기하는 사람, 그 자신임을 깨달았다. '있었다'로 시작해서 '살았어'로 끝나는 이야기들을 한 편씩 꺼낼 때마다, 여자에게 필요한 것은 유창한 말솜씨가 아니라 그것이 어딘가에 있으리라는 믿음이었고, 믿음은 여자를 변화하게 했다. 이제 여자는 알게 됐다. 셰에라자드의 힘은 '있게 하고', '살게 하는' 믿음이라는 것을.

"이야기로 나아가기."
내가 여자에게서 들었던 말이다.

나는 그 건넌방에서 자랐다. 그곳을 떠올리면 늦여름 무더위에 땀방울 맺힌 여자의 이마와 붉은 눈, 턱까지 내려오던 머리카락이 떠오른다. 내가 지각한 최초의 상像이자 여자의 말이 나의 기억에 심어놓은 상像이다. 모빌처럼 흔들리는 머리카락과 하얀 피부, 웃을 때마다 드러나는 가지런한 앞니를 보며 나는 무슨 생각을 했을까? 지각을 해석하는 프레임이 존재하기 이전에, 다시 말해 내가 엄마를 엄마라는 프레임 안에 가두기 전에, 내 앞에 있던 그 여자가 궁금하다. 어떤 사람이었을까? 어떤 날은 백지 앞에서 불을 밝히는 마음으로 눈을 뜬다. 다시 보고 싶어서. 어떤 것을 본다는 행위는 머릿속에서 해석되는 이미지를 보는 것인데, '엄마'만은 해석의 근거가 마련되지 않은 상태에서도 볼 수 있을 것 같다. 엄마가 내가 존재하기 이전부터 나를 기다렸던 것처럼.

좋아하는 이야기가 있다. 작가 올가 토카르추크가 들려주는 일화[*]다. 올가 토카르추크가 태어나서 가장 처음 본 사진은 어머니가 결혼 전에 찍은 흑백사진이었다. 오래된 라디오 옆에 서 있는 여인(어머니)의 모습이 슬퍼 보여서, 어린 토카르추크는 어머니에게 슬픔의 이유를 물었다고 한다. 어머니의 대답은 아직 태어나지 않은 딸을 그리워하느라 슬퍼했다는 것. 토카르추크의 어머니는 그리워하면 그 사람이 거기 존재하게 되는 것이라고 말했다. 그리워하면 존재하게 되는 것. 그 말을 생각하면 건넌방과 내가 들었던 모든 이야기가 떠오른다. 그곳에서 내게 세계는 믿음으로만 존재했고, 그 믿음의 첫 번째 조건은 '있었다'였다. 우리가 들었던 수많은 이야기를 기억해 보자. '옛날 옛적에 있었다, 살았다'로 시작하는 그 마법

---

[*]   올가 토카르추크, 《다정한 서술자》, 최성은 옮김, 민음사, 2022.

의 주문들. 오래전에 있었고, 지금도 있고, 앞으로도 있는 것들. 나는 엄마의 이야기로부터 '있다'의 세계를 향한 믿음을 키웠고, 그것은 내 글쓰기의 토대가 됐다.

사라진 것, 돌아오지 않는 것, 보이지 않는 것, '있다'는 믿음을 필요로 하는 것들을 쓴다. 그것을 위해 때로는 파헤치고, 부수고, 찢고, 다시 모으고 붙인다. '있음'의 근거를 찾기 위해, 스스로를 설득하기 위해, 믿기 위해, 말하기 위해. 얼마나 팠는지, 부수어버렸는지, 망친 건 아닌지 헤아리다가 내가 서 있는 이곳이 폐허가 된 건 아닐까 덜컥 두려워질 때, 나는 그 옛날 건넌방으로 돌아간다. 단발머리 여자가 아기를 달래며 이야기를 멈추지 않는 곳으로. 거기에는 있다. 사라진 것, 돌아오지 않는 것, 보이지 않는 것, 내게 희망이 되는 모든 것이.

나의 셰에라자드, 엄마의 이야기는 창조에 가까웠다. 이야기 속에서 엄마는 발견했고, 떠났고, 만들었다. 엄마의 이야기를 듣는 동안, 나는 어땠을까? 엄마가 발견할 때, 나도 함께 발견했던가? 꼭 그렇지만은 않았다. 어떤 날은 무너뜨렸다. 결코 한 시절 겪는 반항만은 아니었다. 생각해 보면 그건 내가 나만의 이야기를 짓는 방식이기도 했다. 창조가 아닌 재건. 나는 반드시 무너뜨려야 했고, 폐허와 혼란 속에서 내 것을 다시 골라내어 붙여야 했다. 나는 엄마가 만든 이야기를 배턴처럼 받아 들고 계주를 이어가는 사람은 아니다. 아예 다른 곳으로 뛰어가길 원한다. 그러니 우리 사이에 주고받는 모든 것들은 계승이 아닌 연결에 가까울 것이다. 엄마를 쓰는 일, 엄마의 이야기를 옮기는 일은 한 방향의 선을 잇는 것이 아닌, 각기 다른 방향으로 뻗어나가는 선을 이어 면을 만드는 일이다. 엄마와 내가 만든 그 '면' 안에 타인을 초대하고 싶다. 그것이 내가 이야기로 나아가는 방식이다.

이 책을 통해 내가 말하고 싶은 것은 나의 근원, 엄마와 내가 여성으로서 통과한 삶, 그리고 타자였다. 내게 가장 가깝고 그래서 늘 멀어지는 엄마라는 타자와 내가 어떻게 연결되어 서로의 같음과 다름을 확인하는지, 서로에게 어떤 영향을 미쳤는지, 이야기 속에서 우리가 함께 얼마나 멀리 갈 수 있는지를 확인하고 싶었다. 어쩌면 나는 내 존재의 빈칸을 타인의 이야기, 그 안에 담긴 믿음으로 채우고 싶었는지도 모른다. 우리의 존재가 타자의 그리움에 대한 응답이라면, 나는 타자의 믿음으로 온전해질 수 있지 않을까. 그것이 사랑이 아니면 무엇일까. 누군가의 그리움과 슬픔을 기쁨으로 환원할 수 있는 게 나라는 사실을 깨닫는 순간, 나도, 내 삶도, 내 글도 존재해야 할 이유를 확인하게 된다.

하지만 한편으로는 이 모든 것을 말하는 데 있어 '나'가 적절한 화자가 아닐지도 모른다는 의심도 든다. 보르헤스의 말처럼 일인칭 화자는 사실을 생략하거나 왜곡할 수 있으며, 여러 가지 모순이 개입되어 소수의 사람만이 잔혹하거나 진부한 현실을 인식할 수 있으니까.[*] 하지만 한 가지 확실한 것은, 내가 쓰고자 하는 글이 사실을 서술하는 작업은 아니라는 것이다. 사실이 단 하나의 길과 문을 가지고 있다면, 나는 그 길과 문을 지나 좁은 길 하나를 더하고자 한다. 진실로 향하는 하나의 길. 물론 내가 만든 길이 진실 그 자체가 아니라는 것을 안다. 다만 향하고 있을 뿐. 가고 있다는 것만으로도 의미가 있다고 믿고 싶다.

---

[*]   호르헤 루이스 보르헤스, 《픽션들》, 송병선 옮김, 민음사, 2011.

엄마의 이야기는 여전히 끝나지 않았다. 내가 자라는 동안 이야기의 주어가 '나'에서 '엄마'로 바뀌었을 뿐. '엄마가', '엄마는'으로 시작하는 그 이야기를 들으며 이제 스물셋 여자는 영영 사라진 게 아닐까 서글프고 미안한 마음이 교차하지만, 그럴 때면 셰에라자드를 떠올린다. 셰에라자드는 이야기 속 모든 인물이었다. 이야기 속에서 자신을 잃지 않았다. 다만 이야기가 됐다. 엄마도 그렇다. 자신을 잃지 않았다. 삶이라는 이야기 속에서 '엄마'라는 화자를 얻었을 뿐이다. 그렇게 엄마 자신으로 나아갔을 것이다.

1
엄마의 오래된 책

별거 아닌 것들의 별것

겨울에는 옛날 집을 생각한다. 겨울을 나는 일이 혹독한 주택이었는데, 그곳을 이야기할 때면 자꾸 따뜻한 것들만 말하게 된다. 식탁 위에서 김이 모락모락 올라오던 음식, 등을 대고 누우면 기분이 좋았던 온돌바닥, 티브이 앞에 편안한 자세로 앉아서 과일을 먹던 어른들, 두껍고 포근한 이불. 어디까지 사실인지 어디서부터 조작된 기억인지 헷갈린다. 나는 과거를 글로 옮기며 각색하니까. 각색의 방법은 간단하다. 내가 중요하다고 여기거나 아름답거나 의미 있다고 믿는 한 단면만을 옮기는 것이다. 그 단면을 제외하면 무엇이 남을까. 쓰는 삶을 살면서 내 안에서 자라는 질문이 있다. 내가 쓰지 않은 것, 보지 않은 것, 말하지 않은 것은 무엇일까? 나는 왜 그것들을 꺼내지 않을까?

그렇다면 하찮은 이야기를 해보면 어떨까. 중요하지 않고, 딱히 아름답지 않고, 큰 의미 없는 것부터. 거기에 무엇이, 누가 있는지를 바라보면 가려진 것을 알 수 있을지도 모른다. 어쩌면 진짜 의미는 거기에 있을 것이다.

당신에게 하찮은 것은 무엇인가? 여기, 내가 잘 아는 하찮은 이야기가 있다. 밥 이야기다.

스무 해 정도 엄마가 해준 밥을 먹고 사는 동안 내가 가장 많이 들었던 말은 "그놈의 밥, 지겨운 밥"이었다. 엄마는 하루에 대략 여섯 번씩 밥상을 차렸다. 새벽에는 출근하는 사람의 밥을 챙겼고 아침에는 등교하는 아이들과 시부모의 밥, 집에 있는 사람의 점심과 퇴근하고 돌아온 사람의 저녁을 챙겼다. 엄마는 아침에는 점심을, 점심에는 저녁을, 저녁에는 다음 날 아침을 걱정하면서 말했다.

"사람이 참 하찮은 것에 매달려 살아."

하찮은 밥은 매일 엄마를 따라다녔다. 농담 반 진담 반으로 엄마의 꿈은 밥에서 해방된 삶을 사는 것이었다. 엄마는 밥을 먹을 때도 정말 하찮게 먹었다. 서서 대충 때우거나 잔반 처리가 엄마의 식사였다. 이 문장을 쓰는 순간, 내가 놓쳤던 장면 하나가 막 떠올랐다. 식구는 일곱이었는데 의자는 네 개뿐이던 우리 집 식탁. 거기서 김이 모락모락 올라오던 음식 앞에 앉은 사람들 중 엄마는 없었다. 엄마가 앉지 않아도 의자가 부족한 날에는 자연스레 내가 식탁을 떠났다. 그때마다 나는 밥과 국을 나르고 부엌을 어슬렁거리며 할 일이 없는지 살폈다. 누구도 가르쳐준 적 없었으나 내가 혼자 배운 것이었다. 눈치 빠른 내가 식탁에서 일어나 집안 여자들이 하던 일을 흉내 낼 때면 엄마는 말했다.

"여자들은 어쩔 수 없지."

'여자들은 어쩔 수 없지'라는 말로 시작하는 엄마의 가르침 중에는 월경 전에 단것이나 밀가루를 많이 먹지 않기, 공중화장실을 쓸 때 휴지를 깔고 앉기, 가슴이 파인 티셔츠나 짧은 하의처럼 '천박'하게 보이는 옷을 입지 않기 등이 있었다. 나는 대체로 그 가르침을 하찮게 여겼으나 그것들은 금세 내 삶에서 중요한 자리를 차지했다. 한 번도 말한 적 없었지만, 사실 나는 그 하찮은 것들을 많이 생각했다. 단것이나 밀가루 음식을 좋아하지만 살찌는 게 싫었고, 그게 타인의 시선을 의식하기 때문이라는 사실은 더 싫었다. '천박'하지 않은 고상한 옷을 찾으려고 쇼핑몰을 뒤지면서 '천박'하다는 말에 몸서리를 쳤고, 더러운 화장실이 싫어서 밖에 나가서는 물도 잘 안 마시면서 까다롭게 보이고 싶지 않아서 털털한 척했다. 엄마에게 배운 그 모든 하찮은 것들과 내가 넘어서고 싶은 어떤 한계가 충돌할 때마다 나는 점점 더 복잡한 인간이 되었다. 여자라서 어쩔 수 없이 배운 것들, 느끼는 것들, 조심해야 할 것들을 단번에 뛰어넘고 싶으면서도 누구보다 그 굴레에 갇혀 살았다. 더 아이러니한 것은 내가 나를 지배하는 이 하찮은 것들을 되도록 쓰지 않으려고 했다는 사실이다. 그런 이야기를 꺼냈다가 여성 작가의 신변잡기를 다룬 글이라는 소리를 듣게 될까 봐 두려웠다. 우리에게 중요한 것은 명징한 언어, 빛나는 사유이지 밥이나 월경, 옷, 화장실은 아니라고 생각했으니까. 내가 학교에서, 책 속에서 배운 모든 것들은 내게 가져본 적 없는 언어로, 품은 적 없는 사유를 써야 한다고 말했고, 나는 조바심을 내며 그것들을 오래 기다렸다. 어째서 나의 삶은 이토록 하찮은 것들로 채워져 크고 의미 있는 것들을 말할 수 없을까. 그렇게 자신에게 물으면 먼 기억 속에서 찾아오는 목소리가 이렇게 말했다.

"여자들은 어쩔 수 없지."

그런가?

따뜻한 바닥에 등을 대고 누워 생각한다. 내가 등을 대고 누웠던 그 따뜻한 방들은 할머니와 할아버지의 방, 나와 동생의 방이었고, 정작 엄마의 방은 서늘했던 사실이 이제야 생각났다. 아, 그러고 보면 나는 그 건넌방을 부모님의 방이 아닌 엄마의 방이라고 불렀다. 그 공간을 부지런히 쓸고 닦고 또 자신의 것들로 채운 것은 엄마였으니까. 엄마는 그곳에서 주로 밥과 싸웠다. 밥을 생각하지 않기 위해, 밥 아닌 무언가를 하기 위해. 엄마는 루이제 린저를 읽다가 책장을 넘기며 머리에 손을 짚고 말했다.

"아, 여자들은 어쩔 수 없지." 그리고 이어지는 말.

"여자들은 그 어쩔 수 없는 것 때문에 자기 안에 중요한 뭔가를 만들어. 한 번은 반드시 그걸 바깥으로 꺼내야 하고."

여자들이 반드시 꺼내봐야 하는 그것은 무엇일까. 밥

이야기일까, 밥과 싸우는 이야기일까. 아니면 밥이 없는 이야기일까. 나는 그게 궁금했다. 저마다 어쩔 수 없는 것에 대한 이야기 말이다.

온돌은 금세 잠들어버려서 싫다고, 오롯이 주어진 그 밤이 그냥 사라지는 게 아깝다던 엄마는 서늘한 방에서 무언가를 읽고 썼다. 작은 스탠드의 노란 불빛과 밥이 아닌 다른 것에 허기진 여자가 있던 그 방, 그곳은 내가 기억하는 우리 집의 겨울과 동떨어진, 가장 황량하고 또 가장 뜨거웠던 곳이다.

어쩌다 누군가 엄마에게 무슨 책을 읽고 있냐고 물으면 엄마는 이렇게 답했다.

"별거 아니에요."

별거 아닌 소설책, 별거 아닌 시집, 별거 아닌 에세이. 엄마는 그런 것을 읽었다.

언젠가 집에 놀러 온 친척들 앞에서 별거 아니라며 책을 감추는 엄마에게 이렇게 물었던 적이 있다.

"엄마는 왜 맨날 별거 아니래?"

엄마는 말했다.

"따지고 보면 모든 이야기는 별거 아니야. 사는 게 별것이 아닌데, 당연하지. 그래도 나는 별거 아닌 것이 별것이 되기 위해 몸부림치는 그런 이야기가 좋더라. 별거 아닌 걸 말할 줄 아는 용기도."

별거 아닌 것들의 별것을 향한 몸부림. 그 말을 선명하게 기억한다. 별거 아닌 것을 말할 줄 아는 용기도. 엄마의 그 말이 없었다면 나는 아무것도 쓰지 못했을 테니까.

오늘 저녁에는 무엇을 먹을까. 정확히는 무엇을 먹일까. 어느덧 엄마가 했던 고민을 내가 한다. 밥은 내게도 하찮고 지겨운 일이지만, 나는 그것을 빼놓고 내 삶을 이야기할 수 없음을 안다. 그게 나의 현실이니까. 그 현실을 글로 써야 할 가치가 무엇인지 묻는다면, 그것이 나라는 사람의 존재 방식이라고 답하고 싶다. 하찮고 지겨운 일을 반복하며 별거 아닌 것들에 끊임없이 의미를 부여하는 것, 별것이 되기 위해 몸부림치는 것, 그게 나의 삶이자 또 나의 글이다. 이건 여자라서 어쩔 수 없는 게 아니라, 내가 나이기 때문에 어쩔 수 없는 것이다. 그러나 나는 우리에게 주어진 그 어쩔 수 없는 것들이 우리를 말하게 하고, 나아가게 한다는 사실을 안다. 엄마가 '여자들은 어쩔 수 없지'라고 말할 때, 그 어쩔 수 없음이 엄마를 어디까지 나아가게 했는지 누구보다 잘 알고 있다.

당신의 어쩔 수 없음은 무엇인가? 거기에는 나와 다른 혹은 나와 닮은 어떤 진실이 숨어 있는가? 우리의 삶에서 하찮은 것부터 이야기해 보자. 너무 커다란 사유나 지혜를 찾아 멀리 헤매지 말고, 별거 아닌 그 소중한 것부터 시작해 보자. 당신과 내가 할 수 있는, 해야 하는 이야기가 분명 거기 있을 테니까.

닫힌 문 앞에서

엄마만의 책장이 있었다. 4단 원목 책장이었다. 온전히
엄마의 것으로만 채워진 것은 우리 집에서 그거 하나였
던 것으로 기억한다. 물론 처음부터 그 책장이 엄마의 소
유였던 것은 아니다. 어느 집에나 있을 법한 백과사전이
나 위인전이 꽂혀 있을 때도 있었고, 책 대신에 감사패,
기념품이 놓여 있던 적도 있었다. 언제, 무슨 계기로 엄마
가 그 책장을 갖게 됐는지 잘 모르지만, 한 권의 책이 새
로운 문 하나를 열게 했고, 그 문이 다른 갈망과 갈증, 질
문의 길로 들어서게 했으리라 짐작한다. 무엇에 도달하
기 위한 노력이었는지 물으면, 엄마는 어떻게 살아야 하
는지, 사람을 이해한다는 건 어떤 것인지 알고 싶었다고

말했다. 책을 읽으니 알 것 같았냐는 질문에는 알 것 같았는데 알고 보니 아는 게 하나도 없었고, 이해한 것 같았는데 또 오해였다고 대답했다.

엄마는 책장에 유리문을 달았다. 엄마는 문이 달린 책장을 좋아했다. 딸깍, 소리를 내며 닫힐 때마다 기분이 좋다고 했다. 책장의 문이 닫히면 책으로 된 하나의 장소가 생기는 것 같다고도 말했다. 엄마에게 4단 책장은 엄마만의 장소였다.

침대 옆 나이트 테이블과 거실 탁자에 책들이 쌓이기 시작하자 두 번째 책장이 들어왔다. 첫 번째와 똑같은 원목 책장이었다. 유리문도 달려 있었다. 엄마는 통일감을 중요하게 생각했고, 책장을 중심으로 인테리어가 조금씩 달라졌다. 고가구에서 원목 가구로. 책과 오디오, 클래식과 팝송 앨범이 있는 장에도 모두 유리문이 달렸다. 우리집에 놀러 온 친구들은 엄마의 손길이 구석구석 닿은 공간을 보며 놀라곤 했다. "와, 너희 엄마 선생님이야?", "엄마가 예술가야?" 그렇게 묻는 애들이 있었고, 그런 말을 들으면 엄마는 내심 좋아하는 것 같았지만, 나는 망설임

없이 "우리 엄마 고졸이고, 주부야"라고 대답했다. 엄마가 대학을 나오지 않은 게, 전문 직업인이 아닌 게 부끄러웠던 적은 단 한 번도 없었다. 오히려 엄마가 남들처럼 틀 안에 들어가지 않고 자기만의 세계를 혼자 만들 줄 아는 사람이라는 사실이 더 좋았다. 반면에 엄마는 내가 틀 바깥으로 나가는 걸 두려워했다. 아니, 틀 안에서 안전하길 바라는 동시에 틀 밖으로 나갈 수밖에 없는 탁월한 재능 하나가 있기를 바랐던 것 같다. 엄마의 바람과 상관없는 진실을 말하자면, 나는 틀 바깥으로 나갈 수 있을 만큼 용기 있지 않았고, 틀 안에서 순응할 만큼 순종적이지도 않았는데, 어쩌면 그것이 나의 영원한 모순이 아닐까 싶다. 틀 안과 밖, 어디에 머무를 것인가? 그 질문은 여전히 나를 혼란에 빠뜨린다. 경계에 살고 있다고 말하지만, 욕망이 한쪽으로 기울어지기도 한다. 아무도 선택을 강요하지 않았는데 선택해야 한다고, 내가 나를 다그치는 날들도 있다. 어느 날은 가만히 내게 묻는다. 정말 원하는 게 뭐야? 안과 밖 아니면 경계?

　최근에 내가 찾은 답은 '안과 밖 그 사이'다. 사이를 오가는 사람, 언제부턴가 그게 나라는 생각이 든다. 나는 가만히 멈춰 있는 게 아니라 끊임없이 안팎을 오가며 내 자리를 찾는다. 내가 있어도 되는 곳일지, 내게 어울리는 곳일지 질문한다. 심리학자인 한 친구가 나의 이런 성향이 부모로부터 비롯되었을 가능성에 대해 말해준 적이 있다. 불안한 부모에게서 자란 아이는 자기가 있어야 할 곳인지 아닌지를 묻는다고 한다. 그것은 애초에 내가 태어나야 할 곳이 이곳이 맞는지, 태어나야 했는지를 묻는 질문에서 파생되었을 수도 있다고 말이다. 나는 그런 질문이 조금 슬프다고 생각했지만, 친구는 그런 유의 사람들은 자신의 존재에 당위성을 부여하기 위해 끊임없이 노력하고, 그런 자세가 삶을 잘 꾸려나가는 동력이 되기도 한다고 설명했다.

"성향은 방향을 제시할 뿐이고 선택은 처음부터 끝까지 다 네 몫이야. 상황을 어떻게 해석할지는 너에게 달렸고."

당시에는 귀에 들어오지 않았던 친구의 말을 요즘에야 곱씹는다. 나의 과거와 내가 처한 상황을 다르게 보고 싶다. 다른 시각은 다른 해석으로 이어지고, 다른 해석은 다른 가능성을 만든다.

여기 있어도 될까?라는 질문을 종종 한다. 그게 부모의 불안 때문인지는 모르겠지만. 어릴 때는 부모의 불안보다 불행을 더 빨리 눈치채지 않는가. 불행의 공기가 우리 가족을 감싸면 안방 문밖을 서성이던 기억이 있다. 또 엄마가 자기만의 것들을 갖게 됐을 때, 책장을 갖게 되고 안방 문을 닫기 시작했을 때, 그때도 문밖에서 망설였던 것 같다.

"엄마, 나 여기 있어도 돼?"
책을 읽던 엄마에게 물으면 엄마는 다정하게 옆자리를 내줄 때도 있었고, 대답조차 하지 않은 날도 있었다.
"엄마!"
돌아오는 침묵.
나는 그 침묵을 일종의 닫힌 문으로 경험했던 것 같다.
'오지 마.'
어떤 날에 엄마는 온몸으로 말했다.
'내버려 둬.'
또 어떤 날에는 침묵으로 외쳤다.
인정하고 싶지 않지만, 내 안에도 그 거부의 언어가 있다.

언젠가 나를 아끼는 사람이 내게 물었다.

"네가 입을 다물 때, 자물쇠를 걸어 잠근 문처럼 닫을 때, 그건 분노야? 거부야?"

나는 대답했다.

"보호막이야."

아무도 들일 수 없는 세계에 혼자 있다는 것이 너무 외로울 때가 있었고, 또 외로워서 좋을 때도 있었다. 엄마도 그랬을 것이다.

"나와야 해, 거기서."

그 사람은 그렇게 말했다. 갇혀서는 안 된다고.

침묵에 갇히지 않기 위해 침묵을 쓰는 사람들을 안다. 침묵을 수행하는 사람, 침묵을 텍스트로 바꾸는 사람. 마르그리트 뒤라스는 짓누르는 침묵을 말하게 하기 위해 글을 썼고,* 그의 인물들은 침묵함으로써 말해진다. 그가

---

*   마르그리트 뒤라스·레오폴디나 팔로타 델라 토레, 《뒤라스의 말》, 장소미 옮김, 마음산책, 2021.

32   사랑을 연습한 시간

⟨단수하러 온 남자⟩에서 수도국 직원이 물을 끊는 순간부터 여자가 카페에서 돌아온 순간까지 "침묵을 되살린다"라고 말할 때,* 나는 침묵을 쓴다는 게 무엇인지 조금은 이해할 수 있었다. 말해버리고 싶은 작가의 욕망을 멈추고 가만히 두는 것. 장면이, 사물이, 공기가 소리 없이 울게 하는 것, 그는 침묵에 귀 기울이는 글로 침묵을 말하게 했다. 그렇다면 나 역시 내 기억 속 가장 무거운 침묵들을 써야 할까. 예를 들어 닫힌 문 말이다.

그 문은 80, 90년대 주택에 흔히 쓰이던 몰딩 장식이 있는 나무문이었다. 닫힌 문은 말이 없고, 그 문을 경계로 안과 밖이 나뉘었다. '밖'은 소음의 세계였다. 술 취한 남자들의 고성이나 조부모의 방에 크게 틀어놓은 티브이 소리, 개 짖는 소리, 온갖 소리가 창문과 계단을 넘어왔지만, '안'을 침범하진 못했다. 문이 있어서. 문은 침묵의 수호자였을까. 문은 말이 없고, 어쩌면 문은 침묵 그 자체거나 문 너머에 있던 엄마의 침묵의 대변인이었을 것이다.

---

* 　　마르그리트 뒤라스, 《물질적 삶》, 윤진 옮김, 민음사, 2019.

문을 가만히 떠올리면 소리가 사라지는 순간이 있다. 침묵이 들리는 순간이다.

침묵을 듣는 일은 가벼워야 한다. 침묵에 무게를 실으면 나와 침묵이 함께 침수되어 버린다. 언어를 분리하고, 통상적 관념을 씻어내고, 연속되는 모든 것에 구멍을 내는 그 침묵을 읽고 쓰는 일은 그것에 무게를 싣는 게 아니라 숨을 불어주는 일. 가라앉지 않고 떠오를 수 있게. 말하지 않음으로써 말하는 그것이, 드러날 수 있게.

오래전 엄마의 닫힌 문 너머에는 침묵이 있었다. 나는 그 문밖을 서성이던 사람이었고, 문안에서 일어나는 일들의 목격자기도 했다. 엄마가 그 침묵 안에서 책이라 불리는 세계로 들어가는 것을 봤다. 어디도 갈 수 없고, 무엇도 바꿀 수 없는 사람이 자기만의 세계를 열고 들어가는 모습을. 어쩌면 그때 그 장면들을 목격하지 않았다면 지금의 읽고 쓰는 나의 삶은 없었을지도 모른다. 방문 너머에서 아무도 몰래 이뤄진 엄마의 모험이 나에게 용기를 줬을 것이다. 세상의 문을 닫을 용기와 나만의 세계로 향하는 문을 여는 용기, 침묵 속에 들어갈 용기. 다만 침묵의 무게에 눌려 침몰하지 않도록 그것에 숨을 불어넣는 것은 내 몫이다. 깊고 큰 호흡을 다져야 한다. 침묵에 귀 기울일 때, 그것을 글자로 연주할 때, 깃털처럼 가벼워진 침묵이 나를 들어 올릴 것이다. 닫힌 문 너머의 세상을 볼 수 있도록.

사람은 정작 해야 할 말을 하지 않고, 하지 않아도 좋을 말을 내뱉으며 산다. 차마 하지 못한 말들은 결정체로 굳어져 마음속을 자갈밭으로 만들고, 그것이 쌓이고 쌓여 와르르 무너지는 순간이 오면 속에 있는 것을 토해내지 않고는 견딜 수 없어진다. 무엇으로, 어떤 형태로 토해내야 할지 정하는 것은 당신의 몫.

나는 쓰고 당신은 읽고. 당신은 노래하고 나는 듣고. 내가 발을 구르면 당신은 손뼉을 치고. 우리가 토해낸 돌들이 모이면 작은 산 하나가 될까. 그런 것들이 쌓이면 우리가 사는 세계의 높낮이가 조금은 뒤바뀔까. 그렇다면 내 안에서 말들이 자갈이 되는 시간을 자책하지 말아야지. 다가오는 것들을 온몸으로 밀어내고, 스스로를 고립시켜 얻은 침묵의 시간도 필요한 일이라고 믿어야지. 나에게도, 엄마에게도, 당신에게도.

　이제 나는 기억 속 닫힌 문 앞에서 당신의 침묵을 견디지 못해 우는 자가 아니라 듣는 자로 서 있다. 흰 종이 앞에서 침묵의 방해자가 아닌 연주자가 되길 원한다. 침묵에 숨을 불어넣는 사람이 되고 싶다. 침묵의 날개가, 목소리가 되고 싶다.

갈망 혹은 비명

제가 원하는 것은 생명이 유동하는 것, 매일매일 변하
는 것, 어떤 새로운 것, 습관적인 것인데! 미칠 듯한 순
간, 세계와 자아가 합일되는 느낌을 주는 찰나, 충만한
가득 찬 순간 등 손에 영원히 안 잡히는 것들이 나의 갈
망의 대상입니다.*

전혜린의 편지다. 엄마의 책에도 내 책에도 이 구절에

---

*   전혜린이 박인수 교수에게 보낸 편지 중. 전혜린, 《그리고 아무 말도 하지
　　　않았다》, 민서출판사, 1996.

밑줄이 그어져 있다.* 우리는 각자의 장소에서 전혜린을 읽었다. 엄마는 건넌방 이불 속에서, 나는 파리의 다락방에서.

엄마가 《그리고 아무 말도 하지 않았다》를 완독한 것은 1985년 3월 7일이다. 엄마는 다 읽은 책에 일기처럼 날짜를 기록해 두는 습관이 있다. 한 권의 책을 읽으면 남이 대신 써준 일기에 마침표를 찍는 것 같다고, 읽는 것만으로도 표출되는 무언가가 있다고 했다. 나는 엄마를 보며 어떤 여자들은 감탄과 깨달음의 '아!'가 아니라, 존재를 증명하고 내면을 표출하는 '악!' 소리를 내며 책을 읽는다는 것을 배웠다. 글자로 지르는 비명. 나는 엄마의 손에 들려 있던 전혜린의 책을 그렇게 기억한다.

책에 흥미를 느끼기 시작했을 무렵, 엄마의 책장에서 전혜린의 책을 꺼내 들고 물은 적이 있다.

"이 책도 우는 여자 이야기야?"

---

* 엄마의 책은 1979년 판본, 나의 책은 1996년 판본이다.

한때 내게 여성 작가들은 울거나 웅크리는 사람들이었고, 나는 그들의 자기 고백적인 글이 지나치게 개인적이고 감상적이라고 생각했다.

엄마는 내 질문의 의도를 파악했는지 빙긋 웃으며 답했다.

"아니야, 갈망하는 여자의 이야기야."

태어나서 한 번도 써본 적 없는 '갈망'이라는 단어가 내 안을 파고들었다. 나의 안일함을 꼬집힌 느낌이었다. 내게 없는 그 갈망의 빈자리가 더없이 크게 느껴졌다. 그날 이후, 내가 전혜린의 책을 여러 번 펼쳐봤다면 그건 아마도 그가 갈망하는 것이 무엇인지 알기 위해, 아니 내가 갈망해야 할 대상을 찾기 위해서였을 것이다.

전혜린의 책을 다시 만난 것은 어느 여름, 파리에서였다. 엄마가 유학 중이던 나를 만나러 왔다. 엄마의 가방에는 고추장과 밑반찬, 뜨개용 실과 바늘, 전혜린의 책 두 권이 들어 있었다. 그 이민용 가방은 항공사에서 지정한 최대 수화물 무게 23킬로그램보다 정확히 500그램이 더 나갔다. 항공사 직원이 500그램을 덜어내라고 했다면, 아마도 그 책

두 권은 내게 오지 못했을 것이다.

그해 여름은 기록적 무더위가 이어졌으나 어쩌면 단한 번이 될지도 모를 엄마의 여행을 위해 우리는 땀을 뻘뻘 흘리며 파리의 관광지를 돌아다녔다. 여느 모녀가 그렇듯 짜증을 내거나 싸우기도 했고, 그러다가도 사진을 찍을 때는 다정하게 팔짱을 끼고 어깨를 감쌌다. 디지털카메라가 유행하기 시작할 무렵이었다. 엄마는 내 사진을 백 장쯤 찍었고, 나는 엄마의 사진을 스무 장쯤 찍었을 것이다. 내가 엄마를 찍을 때마다 엄마는 손을 어디에 둘지 몰라 어색해했다. 누가 시키지 않아도 뜬금없이 나뭇가지를 잡거나 허리에 손을 올리고 비스듬하게 섰는데, 카메라 렌즈로 70년대에 멈춘 엄마의 포즈를 바라보면 어쩐지 기분이 쓸쓸해졌다. 엄마의 시간이 거기서 멈춰버린 것 같았다. 한번은 뤽상부르공원을 함께 걷는데 엄마가 뮌헨에 가본 사람처럼 영국정원Englischer Garten이 떠오른다고 말해서 둘 다 피식 웃었다. 엄마는 민망했는지 책에서 읽으며 상상한 모습이 이곳과 비슷하다고 설명을 덧붙였다. 엄마는 전혜린의 책을 읽을 때마다 뮌헨이 아니어도 좋으니 그저 유럽의 거리를 걸어보고 싶다고 생각했고, 꿈이 이뤄져서 신기하다고 했다. 하지만 내가 옆에 없으면 길을 잃을까 봐 불안해하는 엄마를 보며 전혜린의 자유나 갈망 같은 것은 도저히 떠올릴 수 없었다. 가만히 바라보고 있으면 지쳐 보이기도 했고. 나 역시 누군가와 24시간 함께 붙어 있는 일이 쉽지만은 않았다.

하루는 엄마가 미술관을 가고 싶어 했다. 온종일 관람해도 시간이 부족할 만큼 거대한 곳이었다. 나는 도저히 함께 들어갈 마음이 나지 않았고 더위에 지치기도 해서 엄마를 혼자 들여보냈다. 엄마가 전시를 감상하는 동안 미술관 카페에서 느긋하게 커피를 마셨다. 혼자만의 시간이 참 달았다. 그러다 한참 시간이 지나도 엄마가 나오지 않자 불안해지기 시작했다. 핸드폰도 안 되는 엄마를 잃어버리면 어떻게 찾아야 하나. 머릿속에 최악의 상황을 그리다가 전시장으로 뛰어 들어가려고 하는데, 저 멀리서 엄마가 보였다. 엄마는 붉게 상기된 얼굴로, 떨리는 목소리로 말했다.

"너무 좋았어."

그때 나는 처음으로 엄마의 엄마가 되는 기분을 느꼈다. 내가 일곱 살에 길을 잃고 헤매다가 엄마를 다시 만났을 때 엄마가 그랬던 것처럼 엄마를 안아주는 상상을 했다. 물론 상상일 뿐이었지만. 나는 다정한 구석이 없는 딸이고, 그러니 아마도 다정한 엄마는 되지 못했으리라. 엄마는 돌아오는 길에 미술관에서 본 것, 알고 있던 것, 알고 있던 것과 전혀 다르다고 느낀 것을 쉬지 않고 말했다. 엄마의 이야기를 들으며 걷는데 지나가는 남자들이 '니하오', '곤니치와'를 외치며 우리에게 다가왔다. 10대로 보이는 남자애가 찢어진 눈을 흉내 내며 하룻밤에 얼마냐고 물었고, 나는 달려가 뺨이라도 올려 칠 기세로 그를 노려봤지만, 엄마는 내 팔을 붙잡고 고개를 저었다.

"아무 말도 하지 말고 가."

엄마가 그 남자애와 싸우려고 했어도 나 역시 그렇게 말했을 것이다. 아무 말도 하지 말자고. 우리는 그냥 입을 다물고 이 모욕을 지나치자고.

미술관의 흥분은 멍청한 남자애들 몇 명 때문에 사그라들었다. 엄마는 남자애들이 하는 말을 다 이해하진 못했지만, 해가 떨어지기 전에 빨리 집으로 돌아가고 싶어 했다. 유럽의 여름은 해가 아주 길다고 말해도, 실제로 밤열 시가 되어야 노을이 지기 시작하는 것을 몇 번이나 목격하고도 엄마는 내 손을 잡고 서둘러 발걸음을 옮기며 말했다.

"해 떨어지면 돌아다니지 마."

그 순간, 엄마는 엄마로 돌아왔다.

"미친 새끼들."

내가 작은 목소리로 욕하며 분노할 때 엄마는 울상을 지었고, 나는 엄마의 좋은 하루를 망친 것 같아 미안해졌다. 내 잘못이 아닌데. 한참을 걷다가 우리가 서로에게 미안했던 많은 일들이 우리의 잘못이 아닐지도 모른다는 생각을 했다. 그렇다면 그 모든 부당한 일들은 누구의 탓이었을까. 따져봐야 소용없는 줄 알면서도 우리의 결백을 증명하고 싶었다. 여자라는 이유로 서로에게 조심하라며 윽박지르거나, 조심성이 없다고 탓하다가 미안해졌던 많은 일들이 결코 우리의 잘못은 아니었다는 것을.

초등학교 3학년 때였다. 길을 걷는데 어떤 남자가 나를 불렀다. 그 남자는 내 친구의 이름을 말하며 걔네 집에 가는 길이라고 말했다. 길이 헷갈리니 같이 가달라고 남자가 내게 부탁했을 때, 나는 아무 의심 없이 그를 따라갔다. 5분쯤 걷다가 문득 불길한 예감이 들었고, 도망치기에는 너무 늦었다는 생각이 들 때쯤 남자가 걸음을 멈추고 나를 봤다. 그때 그의 얼굴을 잊을 수가 없다. 내가 제발 그냥 보내달라고 빌 때, 나를 보던 그 얼굴. 나는 울었고 그는 웃었다. 그와 내가 서 있던 곳은 아무도 없는 골목이었으나 주택가였고, 나는 그 길을 잘 알고 있었기 때문에 내게 희망이 전혀 없었던 것은 아니었다. 나는 있는 힘껏 소리를 지르려 했으나 목소리가 잘 나오지 않았다. 내 안의 '악' 소리가 어떤 벽에 부딪혀 밖으로 나오지 못하는 느낌이었다. 나는 소리 없이 주저앉았다. 그때 어떤 집 대문이 열렸다. 누군가 나오는 기척에 남자는 당황한 표정을 짓더니 달아났다. 돌아오는 길에는 이를 악물고 눈물을 참았다. 누군가 내가 겪은 일을 알면 안 될 것 같았다. 나는 집에 돌아와 엄마와 할머니를 보자마자 목 놓아 울었다. 할머니는 나를 달랬고, 엄마는 화를 냈다. 내 잘못이 아니었는데.

파리의 여름은 해가 정말 길었다. 하루 일정이 끝나도 거리는 훤했고, 슈퍼에서 장을 봐서 집에 돌아와 엄마가 가져온 고추장을 넣은 요리로 저녁을 먹고, 그러고 나서도 한참 후에야 노을이 졌다. 엄마는 내가 사는 방의 창문으로 해가 지는 게 보여서 좋다고 했다. 마음이 삭막해지지 않게 하늘을 자주 보라고도 했다. 엄마가 "네 마음은 엄마가 어떻게 해줄 수 없잖아"라고 말했을 때, 나는 오히려 엄마가 안쓰러웠다. 엄마의 고단한 삶도 부족해서 내 마음까지 돌봐야 한다고 생각하면 얼마나 버거울까. 엄마를 생각하면 늘 미안함이 먼저였다. 고마움이 먼저였으면 좋았을 텐데.

우리는 밤이 되면 찬물로 샤워를 하고, 자매처럼 속옷차림으로 침대에 누워 전혜린을 함께 읽었다. 더 정확히 말하자면 나는 침대에 누웠고, 엄마는 바닥에 누웠지만. 우리는 그 방의 침대가 너무 작다는 사실에 서로 미안해했다. 그러다가도 딱딱한 바닥에 얇은 이불을 깔고 누운 엄마의 등을 보면 어쩐지 화가 났다. 엄마도 나를 보면서 스무 살의 대책 없음과 삐딱함에 울화가 치밀어 오르는 것을 참는 순간들이 있었을 것이다. 화, 미안함, 이상한 슬픔. 지금 생각해 보면 갱년기인 엄마와 사춘기를 덜 끝낸 내가 파리에서 주고받았던 감정은 그 세 가지였던 것 같다. 물론 40도까지 오른 기온도 우리의 널뛰는 기분에 한몫했겠지만. 인생에서 가장 무더운 여름이었다.

엄마는 전혜린의 책을 펼쳐놓고, 읽기보다는 말하기에 바빴다. 전혜린이 어떤 사람이었는지, 엄마가 기억하는 전혜린의 글은 무엇이었는지. 그러다가 이내 책을 덮고 뜨개질을 시작했다. 머무는 동안 내 방을 꾸며줄 거라고 혼자 약속했다.

열대야가 기승을 부리던 밤, 잠 못 이루던 엄마가 몸을 뒤척이다가 벌떡 일어나 창문 앞에 섰다. 엄마는 내게 담배가 있느냐고 물었다. 엄마가 담배를 피우는 걸 본 적은 없었지만, 나는 숨겨둔 담배를 순순히 꺼내 엄마에게 건넸다. 엄마는 주방 창문에 몸을 기대고 담배를 피웠다. 나는 침대 옆 창문을 열고 내 담배에 불을 붙였고, 각자의 창에서 내뱉은 연기가 같은 방향으로 흘러가다가 살짝 부는 바람에 흩어졌다. 엄마는 오늘 밤만큼은 조금 자유로운 기분이 든다고, 거리를 향해 '악' 하고 소리치면 시원할 것 같다고 했다. 소리를 지르고 창문 뒤로 숨으면 된다는 내 말에 엄마는 신나게 웃더니 아주 조그맣게 '악' 하고 속삭였고, 우리는 웃음을 터뜨렸다. 엄마와 나는 목소리를 삼키는 데 더 익숙한 사람이라는 사실을 새삼 깨달았다. 남에게 피해를 주지 않기 위해, 이상한 사람으로 보이지 않기 위해, 싸우거나 요구하지 않기 위해, 가짜 침묵을 위해.

엄마는 한때 전혜린을 동경했다고 말했다. 전혜린의 긴 손가락에 들려 있던 담배와 스카프와 그의 광기 어린 눈빛을 닮고 싶었고, 전혜린처럼 사랑이든 고독이든 절망이든 끝까지 가보고 싶었다고, 엄마는, 그랬다고, 그렇게 말했다.

"눈앞에 보이는 게 끝이 아니라 그 너머에 무언가가 있다는 것을 아는 사람만 갈망할 수 있는 것 같아. 나는 늘 눈앞에 보이는 것 그 앞에서 멈췄던 것 같고."

사라진 꿈을 이야기하던 엄마는 달리는 사람처럼 숨이 가빴다. 이덕희 작가가 전혜린을 떠올리며 썼던 '짜라투스트라'의 문장처럼 "가장 긴 사닥다리로써 가장 깊은 데를 내려갈 수 있는 영혼, 가장 멀리 자기 안에서 달리고 번민하고 방황할 수 있는 가장 드넓은 영혼"이 있다면 그런 모습이지 않았을까.[*]

갈망하는 사람은 언제나 자기 안의 가장 깊은 곳을, 가장 먼 곳을 향해 달린다. 한때 나도 무언가를 간절히 갈망해 보고 싶었지만, 이제는 내게 없는 마음이란 것을 안다. 대신 가질 수 없는 그 마음을 타인에게서 읽고, 읽은 것을 글로 옮기려 한다. 어쩌면 그것 또한 조금 옅은 갈망이 아닐까.

그 밤에 담배를 손에 쥔 엄마는 내게 전혜린만큼 낯선 존재였고, 그 생경한 감각이 처음으로 엄마를 타자로 인식하게 했다. 나의 무엇이 아닌, 나와 다른 욕망을 품은, 나와 다른 목소리를 내는 존재로. 그런 사람이 내 앞에 있고, 그게 나의 엄마라는 사실이 고마웠다. 처음으로 고마운 마음이 미안함을 이겼다.

그해 무더위는 엄마가 돌아가면서 끝났다. 엄마가 떠난 자리에는 전혜린의 책 두 권과 고추장과 엄마가 여름 동안 뜨개질로 만든 하얀 러그가 남았다. 우리는 종종 파리에서 함께 보냈던 여름을 떠올리며 얼마나 지독한 더위

---

*   이덕희의 글 〈나는 생을 사랑해〉에서. 전혜린, 《그리고 아무 말도 하지 않았다 》, 민서출판사, 1996.

였는지를 말하지만, 열대야에 함께 피운 담배나 전혜린의 이야기를 다시 꺼낸 적은 없었다. 그 장소에서 그 시기에만 나눌 수 있는 것이 있었으리라. 그래서 나는 쓴다. 다시는 없을, 돌아갈 수 없는 삶의 한 장면을 이곳에 남겨두기 위해. 엄마가 무엇을 갈망했는지, 무엇을 작게 외쳤는지 잊지 않기 위해. 쓰고 나면 더 선명해지는 것들을 위해.

여름과 사랑

여름방학이 시작되면 남겨진 기분이 든다. 아침마다 우리 집 강아지를 놀리러 오는 초등학생 남자애도 며칠째 보이지 않는다. 할머니, 할아버지 집에 놀러 갔을까? 등하교하는 아이들이 없는 거리가 허전하다. 부모들도 학교에 가지 않는 아이들을 돌보느라 바빠진 것인지 여기저기 둘러봐도 사람이 없다. 여름을 잘 견딜 수 있는 장소가 어디 따로 있는 건 아닌지, 우리를 남겨두고 모두 거기로 간 것은 아닌지 상상해 본다. 사람들은 이 여름을 어디서, 어떻게 보내는 걸까? SNS 창을 열어봐도 나처럼 얼굴이 벌겋게 달아올라 팔다리를 땅에 질질 끌며 걷는 사람은 없다. 물론 내 계정에도 그런 나는 없다. 거긴

내 그림자뿐이다. 조도를 바꾸고 앵글을 살짝 틀어서 만든 긴 그림자. 상의 반영이자 동시에 왜곡인 그 그림자는 나의 가공물이지 내가 아니다. 진짜 나는 필터 없는 사진 바깥에, 작열하는 태양과 무섭게 우는 매미 소리 아래 남겨져 있다. 떠난 건 누굴까?

여름방학에는 혼잣말이 늘었다. 혼잣말은 이름답게 혼자 발화되기도 하고, 또 종이에 흔적을 남기기도 했다. 그건 내가 엄마를 닮았다는 증거. 엄마의 책을 펼쳐놓고 엄마가 쓴 메모에 혼잣말을 남긴다. 엄마의 글자를 따라 쓴다. 우리의 혼잣말은 이제 대화가 된다. 엄마가 적어 넣은 이별의 '안녕' 아래 내가 '안녕'을 쓰면, 헤어짐이 아니라 만남의 인사가 된다. 등 돌린 존재들은 어느새 서로 마주하고, 그건 혼잣말이 혼잣말을 만나는 일이자 한 권의 책이 세 사람의 대화가 되는 일이기도 하다. 예를 들면 나와 엄마와 사강의 이야기.

엄마의 책 《슬픔이여 안녕》 제목 아래에는 두 번의 '안녕'이 적혀 있었다. 엄마의 안녕과 나의 안녕. 나는 엄마의 안녕을 헤어짐의 인사로 읽었고, 그 밑에 장난스럽게

'안녕'을 적어 넣었다. 그 순간 우리의 인사는 사강을 읽었을 어느 날의 엄마와 열일곱 살인 나의 마주함이 되었고, 우리 사이에는 열여덟에 그 책을 썼던 사강이 있었다. 이제 세 사람의 인사다. 안녕, 안녕, 안녕.

훗날 그 제목이 이별의 '안녕'을 말하는 게 아니라, 'Bonjour', 즉 맞이하는 인사라는 사실에 조금 놀랐다. 사강은 그 제목을 폴 엘뤼아르의 시에서 가져왔다고 한다.

> 슬픔이여 영원히 안녕
>
> 슬픔이여 안녕
>
> 너는 천장에 그어진 선에도 새겨져 있고
>
> 내가 사랑하는 눈에도 새겨져 있지
>
> 너는 완전히 비참하지 않아
>
> 가장 가난한 입술도 미소로도
>
> 너를 드러내니까
>
> 슬픔이여 안녕*

---

* 폴 엘뤼아르Paul Éluard, 〈거의 손상되지 않은À peine défigurée〉, 1932.

이 시의 첫 줄에서 말하는 영원히 안녕이란 뜻의 'Adieu' 는 슬픔에 고하는 작별이고, 둘째 줄의 안녕은 'Bonjour', 눈앞에 있는 슬픔을 맞이하는 인사다. 슬픈 존재가 슬픔이 새겨진 것들을 만나 한 번 더 슬픔과 마주하는 일이 낯설지 않다. 내게 슬픔이 새겨진 것들은 여름의 텅 빈 거리, 혼자 빈집으로 돌아가는 사람들, 엄마의 책. 책 속에서, 사람들 속에서 슬픔을 찾아내는 일이 슬픔을 떠나보내기 위해서가 아니라 마주하기 위해서라는 사실이 위안이 된다. 슬픔과 비참함이 다르다는 것도.

한여름, 사강의 책을 펼치고 슬픔과 마주하던 모습을 그려본다. 책을 펼치는 이는 엄마이기도 하고, 나이기도 하고, 또 슬픔을 이해하고자 하는 누군가이기도 하다. 그책을 펼치는 대부분의 사람이 제목에 끌렸으리라. 슬픔. 우리는 그 말을 너무 자주 쓰지만 정작 무엇을 의미하는지는 모른다. 모른다는 것은 얼마나 큰 불안을 자아내는가. 책을 펴고 밑줄을 그으며 공부하는 학생처럼 슬픔을 공부한다. 나의 슬픔을, 타인의 슬픔을 머리로 이해하고, 마음으로 느끼고 언어화하기 위해 읽는다. 손가락 사이로

빠져나가는 것들, 심장에 내려앉은 것들, 그런 것들을 슬픔이라 불러도 되는지. 세상에는 두 종류의 슬픔이 있지 않을까. 차갑게 식은 슬픔과 뜨겁게 달아오르는 슬픔. 겨울의 슬픔과 여름의 슬픔. 내게 사강의 《슬픔이여 안녕》은 여름의 슬픔이다.

소설은 슬픔에 관해 말하는 세실의 독백으로 시작된다. "오랫동안 그를 사로잡은 갑갑하면서도 달콤한 낯선 감정에 슬픔이라는 묵직하고도 아름다운 이름을 붙이겠다"라는 말.* 그 소설의 어떤 문장들은 여름의 강렬한 빛 같아서 다른 풍경들을 지운다. 하얗게 번져 윤곽만을 남긴다. 나는 소설의 전개를 드문드문 기억하면서도, 그 강렬한 첫 문장은 잊지 않는다. 살면서 처음 알게 된 슬픔의 정의였다. 슬픔은 사로잡힌 마음이라는 것. 한국어판에서 갑갑함으로 번역된 'l'ennui'이라는 단어는 권태, 지루함이라는 의미 역시 포함하고 있다. 사람들은 열여덟 살이

---

*   프랑수아즈 사강, 《슬픔이여 안녕》, 정홍택 옮김, 소담출판사, 1991.

었던 사강이 어떻게 그런 성숙한 글을 쓸 수 있을까 했다지만, 그런 슬픔은 열여덟 살에만 쓸 수 있지 않을까. 비애나 비통함의 무게가 없는 슬픔 말이다. 그 가벼운 슬픔을 아름답다고 여길 수 있는 것 역시 젊음의 특권 같다. 그런 슬픔에 인사했던 엄마는 얼마나 젊었던가? 모두 어떤 여름처럼 짧고 강렬하고 투명하다.

1990년 8월, 엄마와 외가에 갔다. 휴가 대신이었다. 아빠는 없었다. 엄마의 고향은 풀벌레 우는 소리가 요란하고, 산으로 둘러싸여 저녁이 되면 공기가 서늘했다. 나는 엄마의 손을 잡고 엄마가 어릴 적 걸었던 길을 걸었다. 그 동네에 있던 오래된 레코드 가게에서 70년대 팝송이 흘렀다. 존 레넌, 밥 딜런, 비지스. 엄마는 그 가게에서 듣고 싶은 음악을 실컷 들었다고 했다.

"오래된 노래야?"

내가 물었고,

"오래된 노래야."

엄마가 답했다.

음악을 듣는 엄마를 상상했다. 단발머리에 교복을 입

은, 나를 모르는 엄마. 그런 엄마를 생각하면 슬픔이 밀려온다. 만날 수 없으니까. 그 시절의 엄마는 내가 없어야 존재하니까. 하지만 그 슬픔에는 비애의 무게가 없다. 누군가의 과거를 그리워하는 것은 아름답기까지 하다. 나는 내가 없는 엄마를 생각하며 슬퍼질 때 엄마를 사랑한다는 사실을 깨닫는다. 엄마가 내게 주는 사랑과는 다른 마음이겠지만. 오직 나만이 엄마에게 무게 없는 슬픔을 느낄 수 있다.

엄마와 나는 1982년 8월에 만났다. 나는 그 여름의 모든 것을 달달 외우고 있다. 내가 외우고 있는 것은 모두 엄마의 말이다. 나와 엄마가 만났을 때, 엄마는 기꺼이 다른 사람이 되기로 결심했다고 한다.

1990년 8월에는 내가 없었던 엄마의 시간을 들었다. 엄마 고향의 호프집에서. 엄마와 제일 친한 친구가 앞에 있었고, 나는 엄마의 무릎을 베고 잠들었다. 옅은 잠 속에서 헤엄을 치다가 의식의 수면 위로 올라올 때 들리는 단어들, 문장들이 있었다. 엄마가 어떤 삶을 사는지, 엄마가 무엇을 그리워하는지, 엄마가 무엇을 되돌리고 싶은지. 그런 이야기들은 여름의 강렬한 빛 같아서 문맥은 지워지고 단어만 남는다. 슬픔. 그날에 내가 기억하는 단어는 그것이다. 시골 호프집에서 들렸던 팝송들도 어렴풋이 생각난다.

"슬픈 노래야?"

잠에서 깨어나 엄마에게 물었다.

엄마가 눈물을 닦으며 말했다.

"응. 너무 슬픈 노래야."

그날 내가 엿들은 엄마의 슬픔은 엄마와 엄마의 친구가 나눈 비밀이었다. 나는 그 비밀을 발설할 권리가 없다. 내가 쓸 수 있는 것은 나의 비밀뿐이다. 그날 내가 잠에서 깨어나 엄마의 '슬픔'을 들었던 것과 슬픔이 무엇인지 알아차려 버린 것은 나의 비밀이다. 나는 비밀을 글로 쓴다. 글로 쓰인 비밀은 말로 전하는 비밀과 다르다. 비밀의 일부를 골라 다듬기 때문이다. 글을 쓰기 위해서는 비밀의 전부가 필요하진 않다. 비밀을 다룰 용기, 그거면 된다. 쓰는 나와 읽는 당신 사이에는 비밀의 내용보다 우리가 누군가의 비밀을 알아차리는 순간, 그의 나약한 모습을 본 순간, 우리 안에 어떤 것이 무너진다는 사실과 그것을 원하든 원치 않든 간직하며 살게 된다는 것, 그 진실을 나누는 게 더 중요하다.

사강의 소설에서 안의 죽음으로 세실의 내면에 있는 무언가가 완전히 부서져 버린 순간, 리비에라의 여름은 다시 돌이킬 수 없는 계절이 된다. 돌이킬 수 없는 무언가가 생긴다는 것은 어른이 되었다는 신호다. 세실의 슬픔은 알아차려 버린 자의 슬픔이다. 알아차린 모든 존재는 슬픔을 안고 산다.

얼마 전 책장을 정리하다가 프랑스어판 《슬픔이여 안녕》을 발견했다.

"아름다운 책이네."

M이 한국어로 말했다.

"사강을 좋아해?"

내가 물었다.

"그냥 그래."

M이 답했다.

"아름다운 책이라며."

내 말에 M이 눈을 동그랗게 떴다.

"Tu voulais dire que c'est un beau livre, n'est ce pas?(아름다운 책이라고 말하고 싶었던 거지, 아니야?)"

나는 프랑스어로 다시 물었다.

"Je voulais dire que c'est un vieux livre. Je l'ai acheté peut-être il y a 20 ans.(오래된 책이라고 말하고 싶었던 거야. 아마 20년 전에 샀을걸.)"

M이 프랑스어로 대답했다.

한국어가 서툰 그는 '오래된'과 '아름다운'을 헷갈린다.

그 오래된 책을 꺼내 펼쳤다. 여름이 쏟아졌다. 아름다웠다.

새로운 삶을 시작하는 너에게

M과는 프랑스에서 만나 지금까지 함께 살고 있다. 우리
는 대학교 2학년 때부터 늘 붙어 다녔다. 강의를 같이 들
었고, 각자의 집이 있었지만 학교가 끝나면 늘 한집으로
돌아갔다. 시간이 흐르고 이 관계에도 발전이 필요하다
고 느꼈으나 결혼을 고려하진 않았다. 68년 문화혁명을
겪은 부모 밑에서 자란 M에게 결혼이란 가톨릭에서 파생
된 부르주아 문화일 뿐이었고, 행복한 가정은 일일 드라
마에나 존재한다고 믿었던 내게 결혼이란 무덤이었으니
까. 결국 우리는 팍스PACS(시민연대계약)*를 선택했다. 그
게 결혼보다는 조금 더 자유롭고 합리적인 형식이라고
믿었다(결국 한참 후에 M과 나는 결혼식을 올렸지만, 지금도

팍스가 합리적이라는 생각은 달라지지 않았다). 다시 말해 사랑의 관계를 법으로 규정하거나 묶지 않아도 법적 보호는 받을 수 있는 제도 말이다.

팍스를 결심했을 때, 부모의 의사를 묻거나 허락을 구하진 않았다. 생각해 보면 내 인생에서 중요한 결정을 내릴 때 부모에게 물었던 적은 없었다. 나는 늘 먼저 결정하고 통보했고, 그들은 지지하거나 수용하거나 침묵했다. 때때로 그들은 나의 선택이 무엇을 의미하는지 알지 못했고, 그래서 자신들의 뜻을 강요하지 않았다. 내 부모는 반대와 거부 속에서 원하는 것을 포기하는 삶을 살았고, 그래서 그들이 부모에게 품었던 원망을 내가 갖지 않길 바랐던 것 같다. 부모의 입장에서 자식의 선택을 지켜보고만 있어야 하는 것은 두려움을 넘어서야 하는 일이기도 했으리라. 그들의 울타리를 거침없이 뛰어넘는 나를

---

*　프랑스에서 시행 중인 두 이성 또는 동성 성인 간의 시민 결합 제도다. 프랑스 의회는 동성 커플에게도 법적 지위를 주기 위해 1999년 11월 시민연대계약법을 입법했지만, 결혼보다는 느슨한 이 제도를 선호하는 이성 커플도 많다.

보는 일이 때로는 괴로웠을 것이고 또 때로는 모욕적이었을 것이다. 나도 모르진 않았다. 울타리가 허물어질 때마다 부모가 느꼈을 감정들 말이다. 하지만 아무것도 모를 때는 울타리처럼 성가신 게 없다. 아무것도 없을 때는 울타리만큼 우스운 게 없고. 헐거워진 울타리를 폴짝 뛰어넘는 것, 그건 쾌감이었다. 부모를 이겼다는 희열과 도취였다. 하지만 금세 인생에 '폴짝'이란 없음을 깨닫게 됐다. 적어도 내 인생은 그랬다. '폴짝'이 아니라 '우당탕'이다. 뛰어넘을 때마다 다치고 무너지는 것들이 있었고, 내가 지나간 자리에는 늘 잔해가 남았다. 내 부모는 내가 남긴 것을 쥐고 사는 사람들이었다.

'여긴 괜찮으니까 어서 가.'

라고 말하며 남아 있는 사람들.

"팍스를 하려고 해."

엄마에게 전화를 걸어 말했다. 엄마는 팍스가 무엇인지 물었다. 나는 '팍스란 주로 혼인 관계를 인정받지 못하는 동성 연인들이 가정을 이루고자 할 때, 그들의 관계를 보호하기 위해 만들어진 제도이고, 결혼의 결속력은 없지만 법적으로 관계를 인정받는 일이며, 한마디로 말해 합법적 동거다'라는 말을 차마 할 수 없어서 적절한 단어를 골랐다.

"약혼 같은 거야."

약혼이라니… M이 그 단어의 의미를 알았다면 나를 비웃었을 것이다.

엄마는 팍스를 결혼의 약속 정도로 이해했던 것 같다. 결혼을 피하려고 팍스를 선택했다는 것을 알았다고 해도 그렇게 기뻐했을까. 물론 기뻐하진 않았어도 이해하려고 노력했을 것이다. 내가 아는 엄마는 늘 그랬으니까. 나를 이해하기 위해 이야기를 만들고 상황을 상상하고 좋은 쪽으로 해석했다. 그 이야기 속 주인공은 나였지만, 이야기의 화자이자 독자는 엄마였다. 다시 말해 이야기 속 삶을 사는 것은 결국 내가 아니라 엄마였다는 뜻이다. 엄마의 이야기 안에서 나는 엄마가 되고 엄마는 내가 됐다. 물론 나의 이야기 안에서 내가 엄마가 되어본 적은 없다. 나는 엄마를 엄마로만 상상할 수 있다. 엄마가 아닌 엄마는 오직 내가 없는 곳에서만 존재할 것이다.

팍스 신고 일주일 전, 한국에서 소포가 왔다. 시청에 종이 한 장을 제출하면 끝나는 일을 엄마가 예식으로 착각한 게 아니었을까. 박스 안에 엄청난 물건들이 담겨 있었다. 화려한 무늬가 있는 얇고 부드러운 소재로 된 하얀 원피스, 원피스에 어울리는 구두, M이 입을 재킷, 우리가 나눠 낄 반지, 그리고 늘 소포에 들어 있는 엄마의 편지.

엄마는 반지를 살 만한 형편이 아닌 나와 M이 치르는 그 이상한 약혼을 그려봤을 것이다. 파리에서 직업을 갖고 안정적으로 정착하려면, Vie privée(가족 사생활) 비자가 필요하고, 학교를 졸업한 후에 강제 귀국 명령을 받지 않으려면 '약혼'이라는 형식이 필요하리라는 것을 머리로는 이해했으면서도, 내가 한 번도 입어본 적 없는 원피스와 구두를 신고 M의 손을 잡고 행복한 미소를 짓는 장면을 상상했을 것이다. 이상적인 결혼 생활이란 게 무엇인지 엄마 자신도 알지 못하면서 내 '약혼'이 그런 삶으로 안내해 주리라 기대했을 것이다. 엄마는 약혼식에 대한 상상과 기대, 엄마만의 이야기를 소포에 담아서 내게 보냈다. 물론 현실과의 괴리를 감당해야 하는 것은 내 몫이라는 생각까진 하지 못했을 테지만.

소포 상자를 열고 원피스를 꺼내 입었다. 구두는 내 발에 꼭 맞았다. 거울 앞에서 한참 동안 낯선 내 모습을 보다가 퍼뜩 아르바이트하던 호텔과 내가 돌보는 아이들의 부모에게 미리 양해를 구하지 않았다는 사실이 떠올라 서둘러 전화를 걸었다. 호텔을 운영하던 부부는 친절한 사람들이었고 '개인적 사유'라는 말에 더 묻지 않고 근무 날짜를 조정해 줬다. 아이들의 엄마는 약간 짜증을 내며 개인적 사유가 무엇인지 물어도 되냐고 말했다. 그 프랑스 여자에게 팍스를 설명하거나 약혼이라고 거짓말하지 않아도 되니 비교적 쉬운 질문이었으나, 나는 어쩐지 대답하고 싶지 않았고 그저 개인적인 일이라고만 답했다. 그 여자는 이런 식으로 일정을 내 마음대로 바꾸는 건 곤란하다며 다음 주에 회사에 중요한 일이 있어서 내 부탁을 들어줄 수 있을지 없을지 모르겠다고 건조한 말투로 말했다. 전화기 너머로 침묵이 오갔다. 나는 일을 그만두겠다고 했고, 그 여자는 알았다고 말하며 냉정하게 전화를 끊었다. 베이비시터를 구하는 게 그리 어렵지 않다고 생각했을 것이다. 내 입장에서도 아이를 돌보는 일자리는 많았으니까 상관없었다. 나는 쉽게 그만두고 쉽게 시작하는 일을 어렵지 않게 해냈지만, 사실은 그게 싫었다. 그런 일들을 하며 어딘가로 떠내려가듯 살아가는 느낌이. 온몸에 부드럽게 휘감기는 그 원피스가 내게 전혀 어울리지 않는다는 사실을 거울로 확인했을 때, 가슴 밑바닥에서 치밀어 오르는 이상한 억울함만큼. 그래, 나는 그런 게 싫었던 것 같다.

엄마가 보내준 옷을 입고 구두를 신고 거울 앞에 서서 무엇이 문제일까 오래 고민했다. 동네 극장에서 아르바이트를 마치고 돌아온 M은 어색한 내 모습을 보고 잘 어울린다고 말해줬지만, 내가 "머리를 조금 잘라야 할까?"라고 물었을 때, 그게 더 나을 수도 있겠다고 말했다. 그도 내 생각과 다르지 않았던 것 같다.

머리를 자를까 고민했다. 손질 없이 그냥 기른 머리카락은 끝이 갈라지고 부스스했다. 엉망인 머릿결은 어쩐지 사람을 지쳐 보이게 만들었다. 또래에 비해 5년 정도는 더 나이 들어 보였다. 그날 저녁은 무엇을 해도, 어디에 있어도 머리카락만 보였다. 부엌 찬장과 욕실 거울과 컴퓨터 화면에 비친 내 머리카락이 내 인생을 말해주는 것 같았다.

이틀 정도 고민한 끝에 머리카락을 자르기로 했다. 팍스와 함께 다른 인생을 살아보고 싶었다. 헤어스타일이 단정하고 원피스와 구두가 잘 어울리고, '약혼'이란 말이 로맨틱하게 들리는 삶을 살고 싶었다.

눈여겨봐 뒀던 미용실에 갔다. 미용사는 명함을 주며 전화로 예약해야 한다고 말했다. 나는 그와 대화를 나누는 사이에 가격표를 살폈다. 커트는 38유로. 그 정도면 나쁘지 않다고 생각했지만, 미용사는 내 머리카락을 살짝 만지더니 팩을 해야 할 것 같다고 했다. 나는 곁눈질로 가격을 살폈으나 커트를 하고 팩을 하면 얼마가 더 추가되는지 정확히 알 수 없었다.

"얼마예요?"

나는 물었다. 조금 부끄러웠다. 이상하게 가격을 물을 때마다 내 생각을 들키는 것처럼 부끄러웠다. 나를 위해 쓰는 돈을 아까워하는 그 생각을.

미용사는 작은 종이를 꺼내 커트와 헤어팩, 샴푸 서비스가 포함된 값, 52유로를 적어줬다. 내가 외국인이어서 말로 설명하지 않고 종이에 적어준 것인지, 곰곰이 생각해 보라고 그렇게 한 것인지는 알 수 없었다. 미용사가 준 쪽지를 주머니에 넣고 집으로 돌아가는 길에 내 시급과 52유로로 할 수 있는 것들에 대해 생각했다. 특별한 날에 그 정도는 쓸 수 있다는 생각과 팍스가 뭐 대단한 일이라고 촌스럽게 미용실에 가느냐는 목소리가 내 안에서 오갔다. 엄마한테 전화를 걸어 그런 사소한 고민을 말하고 싶었지만 하지 않았다.

집에 돌아와 M에게 52유로가 적힌 종이를 내밀었다. 그가 한국어로 너무 비싸다고 말했다. 그는 '비싸다'고 말하고 싶을 때 늘 한국어를 쓴다. 다른 사람들이 알아듣지 못하게 하는 말일 수도 있고, 어쩌면 내가 너무 자주 그 말을 했기 때문일 수도 있다. 슈퍼에서, 레스토랑에서, 상점에서. 얼마야? 비싸다. 비싼데 뭐 하러. 됐어. 엄마가 자주 했던 말. 그 말을 내가 배워서 누군가에게 가르쳤다는 사실이 웃기기도 했고 끔찍하기도 했다.

M은 비싸지만 머리를 자르면 기분 전환이 될 것이라고, 원피스에 잘 어울릴 것이라고 말했다. 나는 그가 그렇게 말해줘서 좋았다. 아빠였다면 절대 엄마에게 그런 말을 하지 않았을 것이다. '쓸데없이 뭐 하러'라고 말했으려

나? 그러면 엄마는 '그렇지?'라고 대답했을까. 둘은 그 부분만큼은 죽이 잘 맞았다. '뭐 하러?' '그렇지?' '됐어.' '그래, 하지 마.' 그들은 그렇게 말하고 돌아서서 서로의 방문을 닫았다. 남은 것은 긴 침묵. 그들은 오래 긴 침묵과 함께했다.

나는 저녁을 먹은 뒤 주방 가위를 들고 욕실에 들어가 충동적으로 머리를 잘랐다. 뒷머리는 어떻게 할 수 없어 M에게 도움을 요청했다. 그는 잘려 나간 내 머리카락을 보고 놀랐지만 이내 가위를 집어 들고 내 머리카락을 살살 빗은 후에 끝부분을 조심스럽게 잘라냈다. 그는 무섭다고 말했다. 나는 웃었다. 뭐가 웃겼는지 잘 모르겠지만, 훗날 이 상황을 떠올리면 둘 다 웃을 수 있으리라고 확신했다. 머리카락을 신중하게 자르던 그가 엄마가 보낸 소포에 들어 있던 편지를 읽었느냐고 물었다. 그는 편지 내용을 궁금해했다. 나는 그 편지는 엄마가 쓴 것이고, 엄마의 하루나 한국의 날씨, 아빠의 기분과 건강 같은 내용들이 적혀 있다고 대답했다. 그는 그게 전부냐고 다시 물었고, 내가 그렇다고 말하자 이내 방으로 달려가 책상 위에 놓여 있던 편지를 가져왔다.

"내가 읽어봐도 돼?"

그가 물었고, 나는 고개를 끄덕였다.

이제 막 한국어를 배우기 시작한 그는 더듬더듬 글자를 읽어나갔다.

"새… 러안 사므를 지삭키는 너에게… 맞아?"

그는 내게 편지를 돌려주며 물었고, 나는 그에게 천천히 또박또박 엄마가 쓴 글자를 읽어줬다.

"새로운 삶을 시작하는 너에게."

그가 자른 머리카락이 편지 위로 떨어졌다. 종이 위로 굵은 물방울처럼 뚝뚝 떨어지던 그 머리카락과 엄마의 글씨와 내 머리카락을 빗겨주던 그의 손길을 지금도 기억한다. 사랑하고 사랑받고 있음을 선명하게 느꼈던 그 순간을.

그는 내가 한국어로 읽어주는 엄마의 편지를 전혀 이해하지 못했다. 마지막 한 문장을 제외하고.

'우리 딸, 사랑한다.'

언제나 그렇듯이 엄마의 편지는 '사랑한다'는 말로 끝인사를 대신했고, 그는 모범생처럼 그 마지막 문장을 반복해서 따라 했다. 사랑한다. 사랑한다. 사랑한다.

그는 그 문장이 그가 아는 한국어 중에 가장 쉬운 말이라고 했다.

그와 나는 엄마가 보내준 옷을 입고 시청에 팍스를 신고하러 갔다. 창구 앞에서 차례를 기다리며 약간의 긴장감을 느끼기도 했다. 우리의 서류를 담당했던 시청 직원은 40대쯤으로 되어 보이는 여자였는데, 내내 무미건조하게 필요한 서류들을 요구하다가 마지막에 사인을 한 후에는 엷은 미소를 지으며 "축하한다"고 말했다. 그게 아마도 내가 '약혼식' 날에 받은 유일한 축하였을 것이다.

시청을 나와서 6구에 있는 카페에 갔다. 젊은 부르주아들이 즐겨 찾는다는 거리를 걸었는데, 날씨가 맑았고 또 엄마가 보내준 옷이 어쩐지 그 동네에 잘 어울리는 것 같아서 걷는 내내 기분이 좋았다. 한참을 걷다가 한 번도 가본 적 없는 카페에 들어갔다. 그가 아침을 먹자고 했다. 커피와 크루아상. 내가 제일 좋아하는 아침 식사. 우리는 여행지의 카페를 방문한 것처럼 조금 들뜬 기분으로 자리에 앉아 메뉴판을 펼쳤다. 그는 종업원을 불러 Petit déjeuner(아침 식사) 메뉴를 시켰다.

"얼마야? 비싸?"

나는 물었다.

"비싸면 나갈 거야?"

그가 웃으면서 물었을 때, 나는 대답을 잠시 망설였다. 순간 엄마가 떠올랐다. 엄마는 나갔을까. 엄마가 메뉴판을 딱 덮고 나가는 모습을 상상하면서 고개를 저었다.

"그냥 맛있게 먹자."

그가 말했다.

아침을 먹고 집으로 돌아가는 길에 센강이 잘 보이는 곳에서 사진을 찍었다. 머리카락을 풀고 찍었다가 어쩐지 어색한 것 같아서 묶고 다시 찍었다. 엄마한테는 묶고 찍은 사진을 보냈던 것으로 기억한다. 엄마는 사진을 보고 '우리 딸 예쁘네, 우리 딸 사랑한다'라고 답장을 보냈다.

그날의 날씨와 기분과 주고받은 대화와 우리의 표정을 기록한 사진과 편지는 엄마에게 일종의 책이 됐다. 펼치면 언제든 꺼내 읽을 수 있는 책. 아마도 제목은 '약혼식'이 아닐까. 엄마는 요즘도 가끔 그 약혼식을 추억한다. 그 자리에 없었지만, 마치 있었던 것처럼. 그건 엄마가 쓴 하

나의 소설이다. 나는 그 소설의 주인공이고, 이야기의 결
말은 늘 '우리 딸, 사랑한다'로 끝난다.

다 그리고 싶어

엄마는 화집을 모았다. 우리는 종종 책장을 채운 화집을 꺼내 보면서 가장 좋아하는 그림과 화가를 꼽아보곤 했다. 두 사람의 취향이 비슷했던 때도 있었고, 너무 달라서 서로를 이해할 수 없었던 시간도 있었다.

　파리의 퐁피두센터 근처에는 화집을 파는 서점과 기념품 가게가 있었고, 그곳에는 피카소나 로트레크 화집이 싸구려 기념품처럼 쌓여 있었다. 주말마다 퐁피두 도서관을 다녔던 나는 그 가게들을 그냥 지나치지 못했다. 화집 때문이었다. 엄마와 함께 봤던 그림을 다시 보는 반가움 또는 향수를 그곳에서 느끼고 싶었다. 무엇보다 엄마가 알려줬던 그림의 제목과 프랑스어 제목을 비교해 보는 일이 작은 즐거움이었다. 어쩌면 나의 언어는 엄마가 쥐여준 것과 내가 발견한 것 사이에서 자랐는지도 모르겠다.

프랑스어를 막 배우기 시작했을 때, 화집을 보다가 정물화를 뜻하는 단어가 'Nature morte'*라는 것을 알고 놀랐던 적이 있다. 스스로 움직이지 못하는 생명력 없는 사물이라는 뜻이지만, 직역밖에 할 줄 몰랐던 그때는 '죽은 자연'이라고 해석했고, 정물화를 보면 '죽은 자연'을 그리던 엄마를 떠올리지 않을 수 없었다.

엄마는 그림을 배운 이후로 정물화를 자주 그렸다. 언젠가 엄마가 선생님이라고 부르는 사람이 정물화는 집에서 노는 여자들이 그리기 좋은 그림이라고 말하는 것을 들은 적이 있다. 내가 어릴 때 '여자들'이라는 말이 들어가는 문장 중에 듣기 좋은 소리는 거의 없었지만, 미술

---

*   nature는 '자연'이라는 뜻의 명사이고, morte는 형용사로 '죽은, 죽은 것 같은'을 의미한다. nature는 여성명사다. morte를 남성형 명사와 함께 쓸 때는 'e'를 뺀다.

의 한 장르조차 모욕으로 다가올 수 있다는 것을 그때 처음 알았다. 그러나 아이러니하게도 나는 그때 이후로 정물화를 좋아하게 됐다. 누군가 한계라고 말하는 것을 좋아해버리는 것, 그것은 내가 저항하는 방식이기도 하다.

나는 지금 엄마가 남겨놓은 에두아르 마네의 화집을 본다. 내 시선을 끄는 것은 〈풀밭 위의 점심 식사〉, 〈피리 부는 아이〉, 〈올랭피아〉 같은 대표작이 아니라, 화병에 담긴 꽃을 그린 그림이다. 나는 그 그림 앞에서 멈추고, 내 앞에는 나처럼 멈춘 꽃과 화병이 있다. 멈춰 있는 것과 움직이는 것을 그리는 것은 뭐가 다를까? 그리는 사람의 마음이야 알 수 없지만 바라보는 사람의 입장에서 말하자면, 멈춘 것들은 상상의 방향을 바꾼다. 다시 말해 멈춘 것은 멈춘 것 자체가 아니라 그 건너편을 상상하게 한다. 꽃이 아니라 꽃의 건너편에 있는 사람, 꽃을 바라보는 사람 말이다. 그러니 지금 내가 보는 것은 꽃과 화병이 아니라 그것을 보는 마네다.

마네는 말년에 꽃을 그렸다. 악화된 건강으로 거동이 불편해진 그에게 그릴 수 있는 것은 문병을 온 손님들이 들고 온 꽃이 전부였다. 꽃병에 꽂은 꽃을 보며 "이것들을 다 그리고 싶어"라고 말했다던 마네는 내게 투명한 유리병과 작은 꽃을 거대한 우주처럼 보이게 해준다. 한계에 부닥친 순간에 다시 들끓는 인간의 열망만큼 커다란 것이 있을까.

"다 그리고 싶어."

언젠가 엄마가 내게 했던 말이기도 하다. 하얀 캔버스와 사과와 꽃병과 접시 앞에서.

그러나 엄마는 붓질을 시작하기 전에 늘 망설였다. 낯선 언어를 처음 내뱉기 전에 짧은 숨을 내쉬거나 침을 꼴깍 삼키는 것처럼. 나도 그렇다. 첫 문장을 쓰기 전에 언제나 망설임의 시간을 통과한다. 어떤 것을 향해 자신을 완전히 열기 전에, 경계를 넘기 전에 경직되어 버리는 것은 망치는 게 두려워서가 아니다. 어디서부터 어떻게 시작해야 할지 모르기 때문이다. 하얀 캔버스도 하얀 화면도 우리에게는 너무 커다란 세계니까.

이브 버거는 아버지 존 버거에게 삶에는 늘 우리가 감당하기 힘든 큰 것이 있고, 저마다 그 큰 그것을 다룰 방법을 찾아야 한다고 말했고, 존 버거는 우리가 말하는 거대함이 우리가 직면한 어떤 것이 아닌 우리를 포함한, 우리를 둘러싼 것이어야 한다고 답했다.* 너무 커다란 것은 뛰어넘는 게 아니라 뛰어들어야 한다는 말이 아니었을까. 엄마는 그리고 싶은 그림 속에 뛰어들었을까? 엄마라면 그랬을 것 같다.

　엄마의 그림 이야기를 써보고 싶다고 생각하면서 내가 첫 번째로 품었던 질문은 엄마가 그림을 그리기 시작한 이유나 동기에 관한 것이었다. 그것이 내가 써야 할 이야기의 핵심이라고 생각했다. 나는 엄마에게 질문을 건네는 쉬운 방식을 택했다.

　"왜 그림을 그리기 시작했어?"

　"테레빈유랑 린시드유 특유의 냄새가 있어."

　엄마의 답은 질문과 상관없이 이야기의 가장자리를 맴돌았다.

---

* 　존 버거·이브 버거, 《어떤 그림》, 신혜경 옮김, 열화당, 2021.

테레빈유와 린시드유 냄새를 안다. 엄마의 작업실과 엄마의 손에서 나던 냄새. 화방에 가면 나도 모르게 그 냄새를 따라가고는 했다. 따라가다 보면 가게 구석 어딘가에서 기억의 장소로 이동할 수 있을 것만 같았다. 지금도 어딘가에서 그 냄새가 나는 것 같다. 냄새를 좇으면 기억의 문이 열리고, 어느새 핵심이라고 믿었던 것들이 더는 중요하지 않은 장소에 들어가 나와 엄마의 기억을 바라본다. 엄마가 작업실에 들어가 거기 존재하던 것을 바라봤던 것처럼. 생각해 보면 그건 엄마가 그림을 그리는 방식이기도 했다. 엄마는 주제가 아닌 가장자리를 먼저, 더 오래 그렸고, 그리는 것보다 바라보는 데 더 많은 시간을 쏟았다.

"가장자리에 있는 게 자꾸 눈에 들어와."

엄마가 말했다.

작업실의 가장자리에는 사과, 꽃병, 접시가 놓인 테이블이 있었고, 엄마는 그것들을 그렸다. 엄마는 그 그림들이 연습용이라고 했다. 언젠가 진짜 작품이라고 말할 수 있는 것에 이르기 위한 과정이라고 생각했던 것 같다.

무엇을 연습했을까? 사과를? 꽃병을? 접시를?

또 다른 중요한 질문이 찾아왔지만 이번에는 나 역시 엄마의 방식대로 핵심이 아닌 가장자리로 향한다. 기억의 가장자리, 거기에는 엄마가 그린 육각형의 사과가 있다.

"사과가 왜 이렇게 된 거야?"

나는 묻는다.

"빛이 닿는 곳을 그리고 싶었어. 사과가 빛에 반응해야 하잖아."

엄마가 말한다.

"살아 있는 것은 빛에 반응하니까."

엄마가 말한다.

"살아 있는 것 같지 않니?"

엄마가 묻는다.

살아 있는 것 같았다. 엄마의 그림 속 사물들은 멈춰 있는 순간에도 빛에 반응하며 또 다른 빛의 파편을 만들었고, 그것은 죽어서 멈춘 것이 아닌 멈춘 순간에도 지속되는 삶, 엄마의 삶과 닮아 있었다.

엄마의 정물화는 어떤 판단도 분석도, 특별한 의미 부

여도 필요하지 않았다. 연습용이었으니까. 가장 평범하고 작은 사물들을 그리기. 멈춘 것에서 살아 있는 순간을 발견하기. 아마도 그것이 거대한 세계로 뛰어드는 엄마만의 연습이 아니었을까.

화가가 되지 못했던 엄마가 그린 그림은 사실상 모두 연습에 불과했고, 그 연습 끝에 엄마가 완성한 진짜 작품은 연습했던 시간, 엄마의 인생이라는 것을 나는 잘 알고 있다. 내가 쓰는 글 역시 모두 연습이고, 이 연습 끝에 탄생하게 될 진짜 작품은 좋은 글을 쓰기 위해 고군분투했던 시간, 나의 인생이라는 것도.

이제 엄마는 그림을 그리지 않는다. 어떤 이유로 그림을 그리기 시작했고, 무엇 때문에 그림을 멈췄는지 알 수 없다. 우리 사이에도 다 말하지 않는 것과 다 말할 수 없는 것이 있으니까. 그러나 알 수 없는 그 무언가가 우리를 각자의 방식으로 이야기하게 한다. 다 말하지 않지만, 다 말할 수 없지만 이해받고 싶고, 이해하고 싶으니까.

엄마의 마지막 그림은 체리나무였다. 내가 체리를 따

며 찍었던 사진을 보고 그린 그림이라고 했다. 가지마다 열매가 무겁게 열린 벚나무, 엄마는 본 적 없는 그 나무를 그렸다. 6월의 빛 아래 붉은 눈송이 같은 체리가 떨어지는 그림이다. 엄마는 나를 생각하며 그렸다고 했지만 그 그림에 내가 있는 것 같진 않다. 다만 나를 바라보는 엄마의 시선과 "살아 있는 것 같지 않니?"라고 묻는 엄마의 목소리가 있을 뿐.

엄마는 그 그림의 제목을 '체리 따던 날'이라고 지었고, 나는 거기에 '사랑을 연습하는 시간'이라는 부제를 달아본다.

엄마가 연습한 모든 것이 지금 여기, 내 앞에 있다.

2

여성이라는 텍스트

버지니아 울프에 대하여

너무 유명해서 멀어진 작가들이 있다. 내 취향이 마이너 하다는 뜻은 절대 아니다. 다만 어떤 작가가 유명해지면 그의 글에 대한 수많은 해석과 해설이 등장하고, 때때로 그런 것들이 작품을 앞지르는 느낌이랄까. 읽지 않아도 읽은 듯한 기분이 든다. 물론 거기에는 남들이 다 좋아하는 건 조금 멀리하고 싶은 이상한 심리도 있을 것이다(대체로 남들은 알고 나는 잘 모르는 대상에 그런 심리가 발현된다). 내게는 버지니아 울프가 그런 작가였다. 엄마가 《자기만의 방》을 몇 번씩 읽으며 밑줄을 긋고, 책장의 상당 부분을 그 작가의 책으로 채워 넣었을 때도 쉽게 손이 가지 않았다. 《자기만의 방》이나 《세월》, 《등대로》 같은 묵

직한 제목도 부담스러웠다.

저 대단한 책들이 '여성의 삶'을 말한다면 일단 피하고 싶을 만큼 내게 여성의 이야기는 지나치게 무거운 소재였다. 10대 여자아이가 그런 감정을 느끼는 데는 그 시절의 혼란스러운 젠더의식도 한몫했으리라. 학교에서 남녀가 평등하고 남녀에게 동등한 기회가 주어져야 한다는 것을 배우지만, 실제 학교 밖에서나 집 안에서는 그렇지 않다는 것을 일상에서 체험하고, 가장 가까운 여성들 다시 말해 할머니나 엄마로부터 여성이 주장해야 할 권리나 여성의 위치에 관한 지식과 인식이 무너지는 일을 몇 번씩 겪으면서, 또 그들의 삶을 지켜보면서 여성의 텍스트를 되도록 멀리하고 싶었던 것이 사실이다. 그런 의미에서 버지니아 울프의 글은 나를 따라다니는 돌과 같았다. 발에 걸려서 넘어질까 봐 슬쩍 피해 가도 다시 내 앞에 놓이는 이상한 돌. 집어서 멀리 던지면 천천히 내 앞으로 다시 굴러오는 돌. 어쩌면 애매한 미소를 짓는 울프의 얼굴이 제멋대로 움직이는 돌의 발이 되어주지 않았을까 생각한다. 사람의 인생이 얼굴에 담긴다면 울프는 강에 가까운 삶을 살았으리라 생각했던 적이 있다. 한순간에 사나워지는 기질을 감추고, 바위에 부딪히며 정처 없이 흘러가는 강. 강을 볼 때마다 궁금한 게 있었다. 강의 입장에서 그것은 전진이었을까? 도달하고 싶은 곳이 있긴 했을까? 울프의 얼굴에서 그런 강을 읽을 수 있었고 그가 부딪친 바위들을 생각하면, 그 강이 먼바다가 아니라 작고 평화로운 냇물로 다치지 않을 우물로 돌아가길 바랐다.

나는 버지니아 울프를 엄마의 이야기 속에서 만났고, 울프의 등장은 늘 죽음과 함께였다.

"자살했잖아."

엄마는 이야기를 차분하고 조리 있게 전달하진 못하지만, 강렬하게 시작해 이목을 끄는 방법을 알았다. 그 이야기는 자살로 시작됐다. 그러고 보면 내게 자살은 이야기의 결론이 아닌 시작이었다. 남겨진 사람은 거기서부터 모든 이야기를 다시 맞추고 엮기 마련이니까. 자살에는 오해와 과장이 따르고 한 죽음의 진실이 말의 무덤에 파묻히기 쉽다. 그럼에도 불구하고 그걸 파헤쳐 보려는 자, '자살'이라는 말에 가려진 진짜를 꺼내보려는 자, 그게 바로 독자가 아닐까. 그래서 나는 울프의 독자가 되는 게 두려웠다. 그의 책을 펼치면 비밀의 방을 여는 것처럼 엄청난 슬픔과 무서운 일들이 튀어나올 것 같았다. 그런 방을 기웃거리는 엄마 역시 위태롭게 느껴졌다. 엄마가 울프에게서 발견한 슬픔이 엄마의 이야기가 되어버릴까 봐 불안했다. 나는 꽤 오랫동안 아직 문을 열지 않은 비밀의 방 앞을 서성이듯 울프에게 거리를 두고 멀어지지도 가까워지지도 않았다. 그건 아직 내가 열지 않은 내 안의 여성성에 거리를 두는 것과 비슷했다.

버지니아 울프의 책을 마침내 펼치게 된 것은 서른쯤이었다. 글 쓰는 여성들이라면 교과서처럼 읽는다는 《자기만의 방》을 읽었다(독서모임에서 선정했던 도서라 읽어야만 했다). 큰 감흥을 받진 못했다. 나는 그 글이 전하는 메시지가 너무 강렬하여 하나의 선언은 될 수 있겠으나 문학적 감동을 준다고 생각하지 않았다. 또 '자기만의 방'이란 표현 자체가 어머니 세대의 낡은 갈망처럼 느껴지기도 했다. 버지니아 울프의 연인이자 동료였던 비타 색빌웨스트의 표현을 빌려 '내 안에서 불꽃을 일으키는 책'은 아니었던 것이다. 그 독서 모임에서 몇몇 여성들이 결혼 후 느꼈던 고립과 자기도 모르게 커진 의존성, 잃어버린 자아를 말할 때 나는 입을 다물었다. 여성의 보편적 경험을 머리로만 이해하는 내가 여성의 적이 된 듯한 기분이었다. '나 역시 여성으로서 나의 경험을 말해보고 싶어요'라는 말이 목 끝까지 올라왔지만 결국 하지 못하고 입을 다문 것이야말로 여성의 보편적 경험 안에 속한다는 사실을 까맣게 잊고 있었다.

울프의 책을 다시 발견하게 된 것은 엄마가 서가를 정리하면서였다. 어느 날 엄마가 책을 모조리 치우고 싶어 했다. 우울함에 빠지게 했던 책들을 정리하고 싶다고 말했는데, 사실 어떤 책이 엄마를 우울하게 한 게 아니라, 어떤 시기에 엄마가 느꼈던 힘겨운 감정들을 책을 매개로 치우고 싶었던 것이리라 짐작한다.

엄마는 버리는 것에 미련이 없는 사람이고, 누구보다 잘 버려서 책을 버리는 것에도 거침이 없었다. 엄마가 버린 책들을 목록으로 만들면 애서가들은 눈을 질끈 감을 것이다. 버려진 책들 가운데 눈에 띄었던 것은 단연 버지니아 울프의 책이었다. 그전까지 한 번도 나의 호기심을 자극하지 못했던 작가의 책이 그 순간 내게 어떻게, 왜 와 닿게 됐는지 설명할 재간은 없지만, 인생의 많은 것들이 그렇듯 책과의 만남도 나에게 맞는 속도와 적절한 때, 그리고 마법 같은 우연이 존재하리라 생각한다. 게다가 나는 우연을 무척 좋아하는 사람이다. 우연은 비장하지 않지만 삶의 어떤 것을 바꿔놓을 수 있다는 점에서 운명만큼 힘이 세다. 우연히 만났지만 만남 이전으로는 되돌아갈 수 없는 것들이 있고, 내게는 버지니아 울프의 만남이 그중 하나다.

《자기만의 방》을 다시 펼쳤을 때, 내 마음을 휘저어놓았던 단어는 '거짓'이었다. '이야기는 거짓이다. 그렇지만 약간의 진실이 섞여 있으며, 그 진실을 찾아내고 그중 어느 것이 간직할 만한 가치가 있는지 판단하는 것은 독자의 몫'이라는 말.* 그 몇 줄의 문장이 내게는 모호했던 문학의 의미를 선명하게 정리해 줬다. 울프의 말을 나는 약

---

*   버지니아 울프, 《디 에센셜 버지니아 울프》, 이미애 옮김, 민음사, 2022.

간의 진실이 섞인 아름다운 거짓을 읽으며 간직할 만한 진실을 찾아내기 위해서는 독자 자신이 능동적인 창작자가 되어야 한다고 해석했고, 그 후로 읽는 일을 하나의 창작 활동으로 바라보게 됐다. 한마디로 버지니아 울프는 내게 읽는 법을 가르쳐준 것이다.

한 권의 책을 두고 어떻게 읽을지를 생각하는 것은 무척 즐거운 고민이다. 우리는 읽기를 통해 작가의 메시지를 단순히 전달받는 것이 아니라, 작가의 이야기를 내 안에서 확장시켜 볼 수 있다. 하지만 이야기의 확장에 앞서 선행되어야 할 과정이 있다. 바로 이야기의 사실과 진실을 분리하는 것이다. 이야기 앞에서 우리가 해야 할 질문은 무엇이 사실인지 거짓인지를 묻는 게 아니라, 무엇이 진실인지를 구분해야 한다. 사실은 우리의 감각 기관과 경험으로 지각, 인지되지만 진실은 우리의 믿음과 현실을 기반으로 한 선언으로 완성된다. 진실은 검증과 확인이 필요하다. 글쓰기가 진실을 향한 하나의 선언이라면, 독서는 검증과 확인의 시간이다. 작가의 진실과 독자의 진실의 만남, 그것이 이뤄졌을 때 우리는 비로소 진실의 한 조각을 완성할 수 있다. 그러니 독서는 작은 진실 하나를 완성하는 과정이고, 그것이 바로 울프가 말한 독서의 순수한 즐거움이 아니겠는가.

《자기만의 방》에는 명확한 사실과 그 사실이 끌어낸 진실이 있다. 그리고 그 진실은 울프의 것에서 나의 것으로 옮겨진다. 내게 옮겨진 진실은 형태와 형식을 바꾼다 (여전히 울프의 것으로 남아 있다면, 나는 그것이 박물관에 박제된 진실, 다시 말해 이미 죽은 진실이라 생각한다). 울프가 말하는 '여성이 픽션을 쓰기 위해 갖춰야 할 조건들'을 살펴보자. 울프는 자기만의 방과 돈을 언급했다. 물론 그때나 지금이나 크게 다르지 않다. 긴 시간이 흘렀고 모든 것이 발전했다고 하지만, 여전히 자기만의 방과 돈을 갖는 일은 쉽지 않다. 물론 예전과 조금 다른 의미에서다.

자기만의 방이란 무엇인가? 오롯이 자신이 되는 공간, 몰입할 수 있는 공간을 의미할 텐데, 요즘 우리는 혼자 있는 순간조차 너무 많은 것들과 연결되어 있다. 당신의 방 안에서 당신은 스마트폰 안에 존재하는 무수히 많은 이들과 함께하고 있지 않은가. 타인의 인생에 시도 때도 없이 침입할 수 있고 또 침입당할 수도 있다. 물론 이 연결은 연대와 다르다. 속해 있지 않으면 고립될지도 모른다는 불안을 안겨주기 때문이다. 나는 내 방에서도 혼자가 아니고, 혼자가 아니지만 만질 수 없는, 마주할 수 없는 타인을 두고 지독한 외로움을 느낀다. SNS 속 타인은 존재의 한 단면 또는 허구이고, 존재의 단면은 존재가 아니며, 허구 역시 존재가 될 수 없다. 그런 가짜 소통이 우리를 얼마나 외롭게 하는지…. 고독이라면 모를까, 외로움은 우리를 자기만의 방이 아닌 타인의 방문 앞으로 데려다놓을 뿐이다.

또 다른 조건인 '돈' 역시 다르지 않다. 나는 돈이 창작하는 데 꼭 필요한 조건이라고 말하는 울프의 말에 절감한다. 특히 창작을 지속하기 위해서는 돈이 반드시 필요하다. 나 역시 생활비를 버는 일에 급급했던 시간이 있었고, 그 시간 동안 내가 쓴 것은 글이 아니라 원망과 한탄이었다. 하지만 그렇게라도 먹고사는 과업에 말라버리는 내 안의 욕망을 붙들고 싶었다. 나의 꿈은 '적당히 벌고 쓰고 싶은 글을 쓰는 것'이라고 소박하게 말하지만, 사실 이 말만큼 나의 욕심을 드러내는 것이 없다. 얼마만큼을 적당하다고 말할 수 있겠는가. 내가 쓰고 싶은 글이 나의 일기장이 아니라 세상에 나와야 할 이유는 무엇인가. 글쓰기가 내가 손에 쥔 돌멩이 하나라면, 나는 그 돌을 어디에 둘 수 있는가? 무엇을 짓는 데 기여할 수 있는가? 겸손함을 가장한 거대한 욕망이 아닐 수 없다. 게다가 자본주의 사회에서 '적당한 돈'이라는 표현만큼 애매모호한 말이 있을까. 지금 이 시점에서 '적당함'이란 사실상 내 능력의 최대치 혹은 그 이상을 요구하는 '과함'과 다를 바 없다. 물론 우리가 잘 아는 소위 성공한 사람들은 그럼에도 불구하고 이를 악물고 해내고 이뤄낸 사람들이라지만, 모두가 자기 꿈을 위해 온몸에 힘을 주고 이를 악물고 버티며 나아가는 세상이 나는 그리 건강하거나 아름답다고 생각하지 않는다. 그렇다고 예술가를 위한 제도적 장치를 마련하는 것이 이 '적당한 돈' 문제의 근본적인 해결책이라고도 볼 수 없다. 유럽에 살면서 내가 경험했던 그 '제도'의 허점은 제도가 요구하는 규정 안에 들어가기 위해 예술가가 규정에 맞는 창작, 다시 말해 창작이 아닌 창작을 해야 한다는 점이었다. 경제적 가치가 우위에 있는 시대에 제도만으로는 예술이나 문학을 결코 지킬 수 없다.

더 근본적인 문제에 접근해야 하지 않을까. 왜 읽지 않을까가 아니라 왜 읽을 수 없는지에 대해. 우리가 무엇에 지쳐 책 한 권을 펼쳐보기 어려워졌는지, 왜 짧은 영상을 좋아하게 됐는지, 왜 아무 생각도 하고 싶지 않은지, 왜 우리의 쉬운 보상은 점점 절망을 자라게 하는지, 그 쉬운 보상으로 이득을 보는 이는 누군지, 그럼에도 불구하고 왜 우리는 여전히 읽고 쓰고 싶은지 묻고 말하고 답해야 한다. 울프가 1929년에 여성이 사회로부터 받는 차별을 날카롭게 지적했던 것처럼, 문학과 현실의 관계를 성찰했던 것처럼, 2024년을 사는 울프의 독자는 그런 것을 읽어내야 한다.

엄마가 통과했던 버지니아 울프의 슬픔과 외로움은 여전히 내 것이 아니다. 내가 그의 작품에서 발견하는 것은 오히려 아름다운 낙관이다. 믿지 못하겠다면 〈런던 거리 헤매기〉를 펼쳐보자. "아마 연필에 대한 열렬한 감정을 느낀 사람은 없을 것이다"*로 시작하는 이 문장의 위트는 나를 순식간에 연필을 찾아 런던 거리를 헤매도 괜찮은,

---

*　같은 책.

발이 가벼운 여성으로 만들어준다. 서점을 돌면서 알지 못하는 사람들과 변덕스러운 우정을 맺기도 하고, 새로운 방에 들어가는 것을 모험이라 말하고 자아의 직선 길을 벗어나 오솔길로 일탈하는 게 즐겁고 경이롭다고 말하는 사람, 그것이 내가 만난 버지니아 울프이고, 그의 우아하고 아름다운 시선이자 목소리다.

《자기만의 방》을 읽으면서 뜨거운 불을 삼킨 것 같았다던 엄마가 없었다면 나는 울프를 만나지 못했을 것이다. 그의 글이 여성들에게 얼마나 절실하게 읽혔는지 알지 못했다면, 지금 나는 나의 여성성을 그저 절망이나 분노로 여겼을 것이다. 엄마가 있었고 버지니아 울프가 있었기에 나는 읽는다. 그 여성들은 내게 '읽기'를 물려줬고, 그 유산으로 나는 무지로부터 나와 타인을 지킨다.

내가 집이 된 것만 같을 때

집에 있을 때면 떠올리는 글이 있다. 빨래를 개면서, 음식을 만들면서, M과 반려견이 어지럽힌 흔적을 정리하면서 '유토피아는 바로 여자가 짓는 집이고, 여자는 가족 구성원들이 행복 자체보다 행복의 탐색에 더 관심을 갖도록 하려는 시도를 참지 못한다'는 내용을 곱씹는다.*

'유토피아를 짓고 있는가?'

집안일을 할 때는 나도 모르게 혼잣말을 한다. 내가 아

---

* 마르그리트 뒤라스의 〈집〉이라는 글로 《살림살이》에 수록되었으며, 국내에는 《물질적 삶》으로 출간되었다. 다른 곳의 출처 표기에서는 국내 출간 제목을 따랐지만, 이 글에서만큼은 원제의 의미대로 쓰고 싶었다.

는 여자들이 그랬던 것처럼. 나는 어릴 때, 여자들은 모두 약간의 광기를 숨기고 있다고 생각했다. 여자들이 가끔 허공에 내뱉었던 혼잣말 때문이다. 나는 집을 무대로 하는 여자들의 독백의 유일한 관객이었고, 그 대사가 외로움을 표현한 것이라 생각했다. 대화 상대의 부재나 텅 빈 무대에 홀로 남겨진 것 같은 쓸쓸함에서 오는 고독 말이다. 지금은 결코 외로움이 다가 아니라는 것을 안다. 그것은 한 가지 감정이나 특정 상황을 가리키는 납작한 언어가 아니다. 그 독백의 언어를 가져보니 알겠다. 나는 혼잣말을 할 때, 오래전에 누군가 내 안에 들려준 노래를 따라 부르듯이 말한다. 아니, 어쩌면 여럿이 함께 부르는 걸까. 내가 말할 때, 여자들이 함께 말하는 것 같다. 나의 말은 내 말이면서 동시에 여자들의 말이고, 그것은 내 것이지만 완전히 내 것만은 아니라는 관점에서 집으로 유토피아를 지으려는 여자들의 시도를 담고 있다.

스무 살 때, 내게 연애는 가장 어려운 문제였다. 상대가 아니라 상대를 사랑하는 나를 사랑하고 싶었기 때문이다. 나는 사랑을 통해 내가 아름답다고 믿는 감정과 장면의 주인공이 되어 살고 싶었다. 소설이나 드라마에서 봤던 것, 유행가 가사가 말하는 달콤하고 절절한 그런 것. 그 연애가 잘됐냐고? 그럴 리가 있겠는가. 내 것이 무엇인지 모른 채, 내 것이 아닌 것을 욕망하는 자신을 사랑할 수 있는 사람은 없다. 내 연애가 망한 것은 내가 누구인지, 내가 어떤 사랑을 하는지 몰랐기 때문이다.

스무 살의 헛된 연애의 꿈이 끝나고 서른 살이 넘어서는 '집'을 꿈꿨다. 백마 탄 왕자는 아니지만, 훈훈한 외모에 유머러스하며, 예술을 조금 알지만 예술을 하지 않는 남자를 기다렸듯이, 궁궐은 아니지만 집다운 집, 그러니까 깨끗한 주방이 있고, 햇빛이 잘 들고, 방음이 잘 되고, 벌레나 곰팡이 따위가 없는 쾌적한 집을 원했다. 나는 집에 집착했다. 열일곱 번씩이나 이사를 하며 내가 원했던 것은 나의 유토피아를 찾는 것이었다. 나의 집, 그 안에서 내가 탐색하려던 행복은 무엇이었을까.

내게 행복은 언제나 이미지였고, 나는 매번 그 이미지를 언어화하는 데 실패했다. 그 장면들이 언제 어떻게 내게 왔는지, 그것이 정말 내 것인지 확신할 수 없었기 때문이다. 다만 행복이 무엇인지 모르면서도 그 말을 들으면 자연스럽게 '집'을 먼저 떠올렸다. 물론 내가 살았던, 살고 있는 집은 아니었다. 그렇다고 현실과 거리가 먼 궁전도 아니었다. 그곳은 꿈과 현실 사이에 있었다. 어쩌면 내가 원하는 모든 것은 '사이'에 있는지도 모른다. 꿈의 매끈한 포장지와 현실의 뾰족한 가시를 거두고 틈을 파고들면, 거기에 내가 찾는 게 있지 않을까. 틈을 내야 한다. 균열을 만들어야 한다. 그러기 위해서는 의심과 질문이 필요하다.

행복, 그게 뭘까?

처음으로 돌아가 생각해 보자. 행복이라는 말, 그것이 내 안에 박히게 된 계기는 뭐였을까? 행복을 외쳐대던 티브이 속 광고였을까? 서점의 베스트셀러 코너에서 집어 들었던 책이었을까? 아니, 시작은 엄마였다. 계절마다 집의 인테리어를 바꾸던 엄마. 깨끗한 커튼, 이불, 카펫, 수시로 위치가 바뀌던 가구들. 행복을 탐색하는 사람처럼 집을 꾸몄던 엄마는 내게 물었다.

"어때? 좋아? 우리 딸, 행복하니?"

'행복이 뭐예요?'

나눌 수 없는 비밀처럼 혼잣말로 행복을 물으면, 어릴 적 내 방이 떠올랐다. 엄마의 손길이 닿지 않은 곳이 없었던 그 방. 그곳으로 돌아가는 상상을 하면 나의 혼잣말에 엄마의 목소리가 더해졌다.

'행복하니?'

행복한가? 나는 그 질문에 쉽게 대답할 수 없었다. 행복을 말하고 그것을 인식한 순간, 내 행복은 과거가 되어버리고 현재의 나는 그 과거를 증명하기 위해 애쓰는 것 같았다. 그런데 요즘 내가 엄마처럼 행복을 말한다. 계절에 따라 인테리어를 소소하게 바꾸고, 집을 깨끗이 청소하고, 맛있는 음식을 해놓고 M과 반려견에게 묻는다.

"행복해?"

M은 무엇이 바뀌었는지도 모르면서 그냥 고개를 끄덕인다. 습관성 긍정이다. 강아지는 배를 내놓으며 눕는다. 습관성 애교다. 이 모든 것은 습관성 행복 탐색일까. 아니면 내가 마침내 행복을 포착해 낸 것일까. 또 행복을 묻는다. 묻는 순간 사라질 것 같은 행복을 염려하며, 행복을 붙드는 데 부족한 게 무엇인지 주위를 살피며. 그러다 잠

재적 훼방꾼들과 눈이 마주친다! 계절에 맞지 않는 카펫과 시든 꽃이 거기 있다.

"카펫이 더워 보이잖아. 꽃이 시든 것도 몰랐다니."

혼잣말이다. 듣는 사람은 없다. M이 옆에 있지만 그에게는 내 말이 들리지 않는다. 그는 계절에 맞게 카펫을 바꾸는 일을 생각해 본 적이 없다. M과 나는 집안일을 비교적 공평하게 나누지만, 그에게 그 일들은 어디까지나 나의 잔소리를 피하기 위해, 집안의 평화를 위해 혹은 나를 돕기 위해 해야 하는 것일 뿐이다. 언젠가 집이란 무엇인지 묻는 내 질문에 그는 이렇게 답했다.

"네가 있는 곳."

그가 집으로 돌아간다고 말할 때, 그곳은 내가 있는 곳이다. 그에게 집은 내가 있는 곳이자 곧 나이기도 하다. 나는 나에게 돌아오는 그의 회귀본능에 안심하고, 감사하고, 내가 그것에 안도하고 고마워한다는 사실에 놀란다. 아니, 놀란다는 표현이 과연 적확할까? 내가 느끼는 감정이 무엇인지 잘 모르겠다. 꿈꾸던 가정을 이룬 사람의 성취감일까, 집이 되어버린 사람의 당혹감일까, 아니면 거부하고 싶었던 삶을 되풀이하고 있는지도 모른다는 불안감일까. 복잡한 문제고, 복잡한 마음이다. 이 모든 것이 정말 나인가, 나다운 것인가. 내가 원한다고 믿는 이상적인 집과 삶, 그것을 정말로 원한 게 나였는지, 오랫동안 수많은 여성이 '여성의 삶과 행복'이라고 믿었던, 아니 믿게 했던 어떤 것이 내 안에 남긴 흔적인지 잘 모르겠다.

시든 꽃을 치운다. 집에 시든 꽃을 두는 게 아니라고 배웠다. 엄마는 내게 그런 걸 가르쳤다.

꽃을 버리면서 또 한 번 떠올린 그 〈집〉이라는 글에는 "나의 첫 번째 학교La première école는 어머니 그 자체였다"라는 문장이 있다. '학교'라는 단어는 배움, 수업으로 바꿔도 의미가 같을 것이나, 나는 직역 그대로 '학교'로 읽고 싶다. 엄마는 내게 하나의 장소니까. 반려인이 나를 집으로 생각할 때, 나는 엄마를 생각한다. 내가 돌아갈 수 있는 내 배움의 장소. 나는 그곳으로 돌아가 내가 반복하고 있는 게 무엇인지 묻는다. 엄마, 여자, 한계, 사랑, 장소, 나… 아직 답을 알 수 없는 질문이 너무 많다.

〈집〉이라는 글에는 여자들의 이야기가 나온다. 작가는 아침에 일어나서 잠자리에 들 때까지 여자가 해야 할 일을 전쟁에 비유하고, 여자가 보내는 하루가 힘든 이유는 늘 남들의 시간표에 맞춰 자기 시간표를 짜야 하기 때문이라고 말한다. 아침 식사를 준비하고, 아이들을 씻기고 입히고, 그 아이들을 학교에 보내고, 학교에서 돌아오는 아이들을 맞이하고, 식구들의 식사를 챙기고. 이 모든 것을 노동이 아니라 삶 그 자체로 받아들이는 여자들의 이야기. 그 여자들 중에 엄마가 있다. 엄마의 모든 시간은 타인의 시간에 맞춰져 있었다. 엄마는 여전히 아이들이 자라난 시간과 아이들이 떠나버린 시간으로 자신의 시간을 구분한다. 여자들은 타인에 맞춰 사는 동안 자기만의 절망을 분비한다고 한다. 〈집〉이라는 글을 쓴 여성은 여자들은 매일 절망하며 자신의 왕국을 잃는다고 했다. 나는 절망하는 여자들에게서 그 글을 쓴 여성과 엄마를 본다. 그 여자들과 글을 쓴 여성과 엄마가 다르지 않음을 안다. 지금의 나와 엄마가 다르지 않다는 것도.

'무엇을 잃고 있는가?'

이 질문은 누구의 것일까? 엄마일까? 그 여자들일까? 아니면 정말 나만의 혼잣말일까? 복잡한 질문이고 복잡한 마음이다. 나는 주방을 점령할 때, M의 옷에 묻은 얼룩이 견딜 수 없을 때, 이불과 수건을 깨끗하게 빨고 기뻐할 때, 이 모든 일을 오래 해왔던 것처럼 자연스럽게 해낼 때, 내가 집이 된 것만 같다. 수많은 여자가 살고 간 집. 닦고, 쓸고, 꾸미고 어루만지며, 여자의 손길이 닿지 않은 곳이 없음을 자랑스럽게 여기면서 동시에 여자 자신은 사라지고 집만 남는 게 아닐지 두려워하던 그 장소 말이다. 나는 장소가 되어 자부심과 수치심, 환희와 분노, 희망과 절망을 고루 느끼며 묻는다. 나는 무엇을 잃고 있는 걸까? 여자들이 잃었던 그것을 나도 잃고 있을까? 내가 만들고자 하는 것은 집일까? 그렇다면 그 집은 누굴 위한 장소일까? 복잡한 질문이고 복잡한 마음이다. 그러나 확실한 것 하나가 있다. 이 복잡함 속에서 진짜 내가 누구인지, 내가 정말로 원하는 것이 무엇인지 묻는 이 질문만큼은 온전히 내 것이라는 것.

내가 엄마처럼 하나의 장소가 되는 것을 '여자는 다 그래' 또는 '여자라고 그래서는 안 돼'라는 태도로 가만히 수용하거나 무작정 거부하고 싶지 않다. 나는 그저 알고 싶을 뿐이다. 내가 정말 원하는 게 무엇인지, 나의 욕망은 어디에서 온 것인지, 어떤 여성들의 목소리와 욕망을 안고 있는지. 내 안에 새겨진 여자들의 역사를 헤아리고 싶은 것이다. 질문으로. 답이 없음을 두려워하지 않는 질문으로. 나를 만드는 것은 답이 아니라 질문임을 알기에. 질문만이 나의 목소리이고, 나는 그 질문을 엄마와 글 속의 여자들과 〈집〉이라는 글을 쓴 여자에게서 찾는다.

여자들은 내게 질문의 근원이고 여자인 나는 질문하며 산다. 아니 질문을 산다. 질문을 살면 답이 된다는 것을 아니까. 답이 된 내 삶이 또 다른 여자의 질문이 되리라는 것을 믿으니까.

나와 엄마와 마릴린 먼로 1

'여성의 텍스트'라 불리는 글들을 편애한다. 그런 글들은 기억이나 장소, 몸이나 질병, 하다못해 개를 말할 때도 언제나 여성의 이야기로 되돌아온다. 내가 여성이기에 동병상련의 입장으로 그런 책을 선호하는 것은 아니다. 여성의 서사가 더 특별하다 여겨서도 아니다. 그저 그런 이야기들이 글로 쓰이는 게 지극히 당연하다고 생각할 뿐. 말로 다 하지 못한 것, 말에 갇힐 수 있는 것, 그런 것이 글이 되지 않으면 무엇이 글이 되어야 한단 말인가?

내가 아는 모든 여자는 자기만의 서사를 썼다. 밥 짓는 동안에, 어른들과 아이들을 돌보는 동안에, 시장에 가고 빨래를 하고 청소를 하는 동안에, 하다못해 마당에서 풀을 뽑는 동안에도 여자들은 자기 이야기를 했다. 혼잣말로, 수다로, 탄식으로. 그것으로도 다 할 수 없는 말들은 어딘가에 비밀스럽게 기록되었다.

김혜순 시인은 여성의 시 언어가 '이제까지 밖에서 주어졌던 자신의 정체성에 대한 반동으로부터 터져 나오는 것이며, 여성의 언어는 본래 위반의 언어'라고 했다.* 내가 아는 여성의 언어는 금을 내는 언어다. 다음에 오는 이를 위해 내가 지나온 길을 부수는 언어. 나의 여자들의 서사는 종종 "나처럼 살지 마라"로 시작됐다. 어느 어머니가 딸에게 "나처럼 살아라"라고 말할 수 있었던가? 여자들은 그렇게 자기부정을 통해 그들이 속한 세계를 위반했다. 각 가정에서 전해지는 여성 서사의 서문, "나처럼 살지 마라"의 본문은 "엄마처럼 살지 않을 거야"로 이어졌다.

아주 어릴 때, 엄마와 다른 삶을 사는 여성을 봤다. 엄마의 책장 맨 아래 칸을 차지했던 《라이프LIFE》 지에 실린

---

* 　김혜순, 《여성이 글을 쓴다는 것》, 문학동네, 2022.

마릴린 먼로. 사진 속 마릴린 먼로는 기차에서 손을 흔들었고, 남자들은 예수 재림처럼 구원이라도 받으려는 듯 손을 뻗어 그녀를 만져보길 간절히 원했다. 일곱 살 여자아이에게 그녀는 남자들 머리 위에 있던 최초의 여성이었다. 식구들이 누워서 티브이를 보는 동안 무릎을 꿇고 바닥을 닦던 엄마와는 다르게 굽 높은 하이힐을 신고 웃음을 흘리며 세상을 내려다보던 여자. 엄마는 그런 미소와 몸짓은 타고난 것이며, '우리에게는 없는 것'이라고 말했다. 나는 거울을 볼 때마다 마릴린 먼로에게는 있고 내게는 없는 것이 무엇인지 생각했다. 그것이 정확히 무엇인지 알기 전까지, 나는 내게 없는 것을 동경했다.

사춘기 시절 내게 이상적인 여성상은 오드리 헵번이었다. 물론 엄마의 영향이 컸다. 엄마는 종종 마릴린 먼로와 오드리 헵번을 비교하며 오드리 헵번이 가진 아름다움이야말로 진짜라고 말했으니까. 그녀가 아름다운 이유는 봉사에 바친 숭고한 삶이 컸지만, 가는 허리와 자그마한 얼굴 역시 빼놓을 수 없었다. 한창 살이 찌던 10대 시절, 엄마는 내게 다이어트를 요구하며 말했다. "오드리 헵번은 평생 샐러드만 먹었다더라. 모든 것에는 대가가 필요한 거야." 그때 나는 샐러드 식단에 동의할 수는 없었지만, 대가가 필요하다는 엄마의 말에 수긍했다. 티브이를 틀고, 잡지를 펼치면 대가를 치르고 아름다움을 획득한 여자들이 부러움을 샀다. 우리는 가슴을 드러내는 방식으로 여성성을 말하진 않았지만, 플라스틱 인형처럼 마른 몸이 되는 희망 안에 우리의 여성성을 가뒀다. 유행하는 옷 브랜드 매장에서는 66사이즈 이상을 찾아볼 수 없었다. 우리가 즐겨 보는 잡지에는 사과 다이어트, 포도 다이어트, 호박 다이어트 별별 다이어트 방법들이 소개됐다. 소위 뚱뚱하다고 놀림받는 여자 코미디언이 오드리 헵번 흉내를 내면 상대역이 거북한 표정을 지었고, 우리는 그것을 보고 웃었다. "살찐 여자는 게으른 거야"라는 말을 아무렇지 않게 내뱉었고, 마른 몸을 칭송하며 부러워했다. 마릴린이 가슴을 더 내밀수록 열광하던 남자들과 허리가 더 가늘어지기를, 허벅지와 종아리가 얇아지기를 바랐던 우리가 무엇이 달랐을까. 마릴린과 우리는 그저 아름답게 보이고 싶었을 뿐이다. 타인의 눈에, 소비문화가 만든 여성성이라는 환상 속에.

성인이 되어 내가 처음으로 산 향수는 샤넬 N°5였고,

그 향수는 마릴린 먼로의 잠옷이라고 불렸다. 내가 그 향수를 뿌린다고 하면, "너도 그거 입고 자려고?"라고 물으며 이상한 눈빛으로 키득키득 웃는 남자애들이 있었다. 나는 멍청하게 웃는 그 애들에게 지기 싫어서 아무렇지 않은 척하거나 더 야한 농담을 했다. 대부분의 여자들은 세 가지 방식으로 저질 농담과 싸웠다. 몰래 울거나, 농담보다 더 강해지거나, 침묵하거나. 우리는 상대가 아무렇지 않게 내뱉는 말을 들으며 생각했다. 이 망할 세상에 절대 딸은 낳지 않겠다고. 엄마들이 그랬듯이 우리 역시 우리의 여성성을 부정하며 우리가 속한 세계를 위반하길 원했다.

마릴린 먼로 때문에 향수를 바꿀까 고민했던 적이 있었다. 우아하다고 느꼈던 그 향기가 천박하게 느껴졌으니까. 그런데 무엇이, 왜 천박한가? 어떤 여자가 자기 침실에서 나체로 향수를 뿌리고 자는 것은 토끼가 그려진 수면 바지를 입고 자는 것과 뭐가 다른가? 다르다. 내가 그녀를 남성 판타지 안에서 바라봤기 때문이다. 그 판타지를 경멸하면서 마릴린 먼로를 그 안에 가뒀기 때문이다. 레일라 슬리마니는 말했다. "여성들은 아주 일찍부터 남성의 프리즘을 통해 세계를 바라보는 데 익숙해졌다. 우리는 이렇게 마릴린을 보고, 이 광경을 보는 사람의 가슴을 아프게 한다."*

나는 요즘도 샤넬 N°5를 뿌린다. 그 향기가 내 몸을 감쌀 때 《라이프》지 속 마릴린과 남자애들의 유치한 농담과 그 농담에 상처 받았던 나를 떠올리며 그 옛날 엄마의 책장으로 돌아가 외친다.

"엄마, 마릴린 먼로는 수첩에 글을 썼대. 종잇조각에, 냅킨에, 요리책에도 무엇이든 손에 잡히는 대로 글을 썼대. 많이 배우지 못한 것을 아쉬워했대. 더 나은 배우가 되고 싶어 했대. 엄마, 우리에게는 마릴린 먼로를 해방시켜줄 책이 필요해."

독자인 내게는 마릴린 먼로가 바람 부는 거리에서 치맛자락을 붙드는 이야기보다 그녀가 종잇조각에, 냅킨에, 요리책에 썼던 글이 무엇인지 말해주는 이야기가 필

---

*   레일라 슬리마니, 《한밤중의 꽃향기》, 이재형 옮김, 뮤진트리, 2023.

요하다. 누군가의 팬티 색깔이나 나체가 아니라 한 사람이 가진 내면의 색, 나체처럼 솔직한 언어가 궁금하다. 그렇다면 작가로서 나는 어떠한가? 그런 물음이 내 안에 찾아올 때면, 제대로 된 여성 서사를 말한 적 없음이 부끄러워진다. 솔직해지자. 모르기 때문이다. 여성 서사를 다룬 책을 읽으면서도 여전히 갈증을 느끼는 것은 타인의 지식이나 사유, 배움을 향한 목마름이 아니라는 것을 안다. 내가 알고 싶은 것은 나라는 여성, 시몬 베유도 실비아 플라스도 리베카 솔닛도 말할 수 없는 '나'라는 여성의 서사다. 그 미지의 세계는 내 몸과 기억 속에 여전히 잠형 중이다. 하지만 내가 정작 해야 하는 말을 하지 못하면서도 계속 글을 쓰려고 하는 것은 그 세계를 꺼내보려는 시도가 아닐까. 슬리마니는 "문학은 현실을 재구성하는 데 쓰이는 것이 아니라 비어 있는 부분을, 빠진 것을 채우는 데 쓰인다. 파내고, 그와 동시에 또 다른 현실을 창조해내는 것이다. 꾸며내는 것이 아니다. 상상하고, 추억과 영원한 강박의 조각들을 서로 이어 구성한 하나의 시각에 형태를 부여하는 것이다"*라고 말했다.

　엄마의 책장 마지막 칸은 텅 비었다. 《라이프》지는 오래전에 버려졌다. 엄마는 더 이상 어떤 여배우의 몸짓이나 향수, 몸매 따위에는 관심이 없다. 나 역시 다르지 않다. 이제 우리에게 마릴린 먼로는 빈칸이 됐다. 우리는 어떤 책으로, 어떤 이야기로 그 칸을 채워야 할까? 내가 아는 것은 덮거나 가리면서가 아니라 털어내면서, 없음을 드러내면서 나아가야 한다는 사실이다. 나는 나의 무지를 해부대에 올릴 필요가 있다. 가르고 찢어서 내가 발견한 진실을 하나씩 꿰매어 나가야 한다.

그렇다면 이렇게 시작해 보면 어떨까?

나는 샤넬 N°5를 뿌리지만 잠옷의 용도는 아니다. 내 잠옷을 당신과 공유하고 싶은 마음은 없다. 나는 가는 허리를 위해서가 아니라 건강을 위해 샐러드를 먹는다(정확히 곁들여 먹는다). 나는 마릴린 먼로를 잘 모르지만, 최근에 그녀가 강박적으로 기록하는 사람이었고, 그의 기록이 책으로 존재한다는 사실을 알게 됐다. 내가 아는 여자들처럼 그녀도 써야 했을 것이다. 말로 다 하지 못한 것,

---

*   같은 책.

말에 갇힌 것들을. 그런 것들을 쓰지 않는다면 무엇을 써야 한단 말인가? 나는 엄마가 금을 낸 그 여성의 세계에서 벗어나 내가 살아갈 땅을 찾는 중이다. 나의 땅은 여성명사이고, 나는 그 땅 안에서 쓴다. 내가 틀린 것을, 모르는 것을, 알아야 할 것을. 그런 것들을 쓰지 않는다면 무엇을 써야 한단 말인가?

나와 엄마와 마릴린 먼로 2

금발머리 여자가 수술대 위에 누워 있다. 세상에 나오지 못한 아기의 목소리가 들린다. 여자의 모든 결핍에는 아버지의 부재가, 불행의 근원에는 임신중지 수술이 있다. 여자는 현실이 컷 없는 영화 같다고 느낀다. 금발의 여자는 두 개의 이름, 노마 진과 마릴린 먼로 사이에서 갈등한다. 조이스 캐럴 오츠의 《블론드》를 각색한 영화, 〈블론드〉의 이야기다.

영화를 보는 내내 떠오르는 장면이 있었다.

불 꺼진 강당. 하얀 커튼 뒤에서 손전등의 불빛이 움직였다. 손전등을 쥐고 있었던 것은 폴란드 여자애였다. 나는 마리오네트를 들고 손전등의 움직임에 따라 동작을 맞췄다. 우리는 서로 대사를 주고받았다. 불빛은 태어나지 못한 아기를 상징했고, 마리오네트는 아직 엄마가 되지 않은, 어쩌면 영원히 엄마가 되지 않을 여자애였다.

우리는 연극과 학생들이었다. 보수적인 교육을 받으며 자랐고, 현대 연극 수업 조별 실기 평가에서 권태에 시달리거나 화가 날 정도로 천진한 여자들이 나오는 연극이 아닌, 진짜 여성의 텍스트를 무대에 올리길 원했다. 그때 우리에게 진짜 여성의 텍스트란 금기를 깨는 이야기, 여자들이 차마 꺼내지 못한 말을 소리 내 외치는 글이었다. 우리는 조이스 캐럴 오츠의 희곡, 《나는 발가벗은 채로 네 앞에 있어》 중에서 임신중지를 다룬 이야기를 골랐다.

우리가 준비했던 공연을 마치자 혹평이 쏟아졌다. 진부했다, 무겁다, 무거운 주제를 너무 무겁게 다뤘다 등등. 대체로 그런 반응들이었다.

"낙태라니… 미안하지만, 이런 주제는 진부하게 느껴집니다. 마치 엄마의 책장에서 먼지 쌓인 68년도 책을 꺼내 보는 느낌이었어요."

프랑스 여자애가 날카롭게 비평했다. 우리는 애써 미

소를 지었지만, 그 비평이 부당하다고 생각했다. 엄마의 책장에서 꺼낸 먼지 쌓인 조이스 캐럴 오츠는 상상할 수 없었으니까. 엄마가 그 작가의 적나라한 언어를 읽는 다면 뭐라고 했을까. 성관계의 위험성, 정확히 임신이 얼마나 내 인생을 망칠 수 있는지 가르치려 하지 않았을까. 교수님은 외국인인 우리를 배려해 68년 문화혁명*을 설명해줬다. 몇몇 학우들이 부모님 세대가 읽었던 여성주의 작품들을 말했지만, 그들이 언급한 책 중에 엄마가 읽은 책은 단 한 권도 없었다.

"어머니는 독실한 기독교인이셨어요. 문학을 좋아하셨지만, 어머니가 읽었던 책은 전원의 삶을 다루거나 인간의 욕망을 비판하는 책이었죠. 그중에서도 자유롭게 욕망을 추구한 젊은 여성들은 늘 벌을 받았어요. 임신이라는 벌이었습니다."

---

*   '5월 혁명'이라고도 불린다. 프랑스에서 부르주아 혹은 노동자들이 일으켰던 기존의 혁명과는 달리 학생들이 주축이 된 혁명으로, '금지하는 것을 금지한다'라는 구호 아래 기성 체제에 대한 저항과 성적 자기결정권과 표현의 자유를 역설했다.

폴란드 여자애의 말에 강당이 조용해졌다. 68혁명을 알았거나 몰랐거나, 욕망에 솔직했거나 아니었거나 그 강당에 있던 여자애들 중에 임신을 축복으로 맞이할 수 있었던 사람은 아무도 없었으니까. 피임약 복용을 잊었거나 생리가 늦어질 때, 우리 중 어느 누가 "신이시여, 감사합니다!"라고 외칠 수 있었겠는가! 그날 그 공연의 호불호에 상관없이 거기에 있었던 여자애들은 '임신은 벌'이라는 말을 차마 삼키지도 뱉지도 못하고, 떨떠름한 표정으로 강당을 떠났다.

임신은 정말 벌이었을까? 적어도 내게는 그랬던 것 같다. 20대에는 임신이 나의 자유와 미래를 망친다고 믿었고, 30대에는 임신에 실패했다. 나는 사회적 통념 안에서 임신을 원치 않았고, 원했다. 진짜 나 자신을 위한 선택이 무엇인지 알지 못했다. 여성의 몸의 선택지는 늘 두 가지뿐인 것 같았다. 모성을 회피하거나 모성을 위해 존재하거나.

스물다섯 가을, 임신중지를 결정한 친구와 함께 파리 근교에 있는 병원에 갔다. 우리는 영화에서 봤던 끔찍한 장면을 상상했으나 임신중지가 합법인 프랑스에서 그런 일은 일어나지 않았다.* 어떤 판단도 감정도 드러내지 않는 의사가 친구에게 준 것은 알약 한 알이었고, 친구는 의사가 보는 앞에서 그 약을 삼켰다. 돌아가는 길에 우리는 말이 없었고, 그저 지나가는 사람들만 물끄러미 바라봤다. 이 사람들은 어떻게 자신을 해치지 않고 살아갈까… 그런 생각을 했던 것 같다.

"교회를 다닐까?"

한동안 입을 다물고 있던 친구가 그렇게 말했을 때 피식 웃었지만, 그때만큼은 나 역시 무언가를 붙잡고 간절히 기도하고 싶었다. 이 미성숙하고 연약한 욕망으로부터 우리를 지켜줄 무언가가 있다면 내게 주어진 반쪽짜리 자유를 망설임 없이 반납하고 싶었다. 우리가 주도적으로 사랑하고, 그러면서도 자신을 지키기 위해서는 무엇을 배웠어야 했을까? 그 시절의 우리를 떠올리면 돌아

---

* 1974년, 당시 프랑스 보건부 장관이었던 시몬 베유는 국회 연단에 서서 말했다. "낙태 수술을 즐겁게 받는 여성은 어디에도 없습니다. 이 문제는 그저 여성의 말을 듣는 것으로도 충분합니다. 여성에게 낙태는 비극이고 언제나 그러할 것입니다." 이후 프랑스 임신중지 합법화 법안은 표결을 통해 통과됐다.

가 안아주고 싶다. 무엇이 자신을 위험하게 하는지 몰랐던, 자신을 지키는 일이 전쟁 같았던, 사회적 통념이 요구하는 것이 무엇인지 알았으나 정작 자기 자신은 몰랐던 나와 나의 여자애들. 알았거나 몰랐거나 말했거나 침묵했거나 우리는 모두 우리의 몸이 불행의 근원이 되지 않도록 고군분투했으므로.

마릴린 먼로가 임신중지 수술의 죄책감에 시달리는 장면을 보면서 그때 그 프랑스 여자애의 말을 떠올렸다. 지키지 못한 모성은 죄라는 이 진부한 이야기는 왜 여전히 계속되고 있을까. 왜 여자의 몸은 아직도 타인들이 일으킨 논쟁의 장이 되어야 하는가. 금기를 깨는 것만으로도 나를 흔들었던 그 여성의 텍스트들은 얼마만큼 나아갔을까. 문득 다른 이야기가 듣고 싶어졌다. 노마 진이 사랑을 갈구하는 이야기가 아닌 아낌없이 사랑을 주는 이야기. 마릴린 먼로가 태어나지 못한 아이에 대한 죄책감에 시달리는 이야기가 아닌, 돌봄이 필요한 세상의 모든 생명에게 사랑을 느끼는 이야기. 긴급하고 절박함을 뛰어넘어 자유롭게 비상하는 여성의 이야기. 이제 그런 이야기가 우리에게 와주면 안 될까.

　마리오네트였던 여자애는 마침내 자신이 원하는 것이 무엇인지 질문할 수 있는 나이가 됐다. 수많은 시행착오 끝에 나의 욕망을 마주하기까지 내게 필요했던 것은 버지니아 울프, 에이드리언 리치, 리베카 솔닛, 비비언 고닉, 김혜순, 데리언 니 그리파 같은 여성들의 목소리였고, 나는 그들을 통해 지금 우리에게 필요한 여성의 텍스트가 무엇인지 조금은 이해하게 됐다. 타인 또는 주변 환경에 의해 자신이 지워지는 것을 허락하지 않는 글, 자신의 욕망을 마주하고 그것을 분석하며 이해하는 글, 남성 중심적 사회가 부여하는 의미에 의해 삭제되거나 밀려난 것을 복원하고 조명하는 글, 그런 여성의 텍스트들이 없었다면, 나는 여전히 수술대 위에 누운 마릴린 먼로를 바라보며 자궁이 있음을 끔찍하게 여기거나 여성의 모성을 죄책감으로 오해하며 살았을 것이다.

　이제 나는 내게 절실했던 여성의 텍스트를 들고 엄마에게 간다. 나의 엄마를, 모성을 다시 배우고 싶다고, 당신을 희생으로 축소된 존재가 아닌 건강하고 다양한 욕망을 가진 한 인간으로 마주하고 싶다고 말한다. 그러니 당신도 나와 함께 읽고, 나와 함께 이야기하자고 그 책들을 건넨다. 내가 엄마 안에서 폭발할 것 같은 여성의 에너지를 발견한다면, 그것을 옮길 수 있다면, 금기와 불행과 희생을 뛰어넘은 그다음 이야기를 쓸 수 있지 않을까. 자궁이 축복의 전부이거나 불행의 전부이지 않은 이야기, 모성과 감성, 이성과 야성을 두루 가진 존재의 이야기.

엄마, 당신은 어떤 여성입니까?

이제 엄마, 당신이 대답해 주길. 당신이 자유로움을 느끼는 순간, 오롯이 혼자인 순간, 그때 당신이 느끼는 감정, 누군가와 연대하고 있다는 기분, 당신이 추고 싶은 춤, 당신이 오직 자신만을 위해 부르는 노래. 엄마를 제외한, 아니 엄마를 포함한, 그러나 그보다 더 커다란 엄마의 진짜 이야기를.

엄마가 될 수 있을까?

아이를 품에 안는 것을 상상한다. 냄새와 촉감과 체온 같
은 것. 우리 부부에게는 아이가 없다. 간절히 원해본 적도
없다. 30대 중반까지는 아이를 생각할 수 있을 만한 여건
이 되지 않았고, 30대 중반 이후에는 아이가 자연스럽게
생기길 바랐지만, 이제는 자연 임신이 어려운 나이가 됐
다. 물론 간절히 원했던 적이 없었기에 아이가 없다는 사
실이 결핍이나 슬픔으로 와닿진 않는다. 다만 아이를 품
에 안은 사람들을 보면 절로 눈이 간다. 아이를 안을 때
느껴지는 감각이 그립다. 꼭 아기가 있었던 것처럼.

　아이가 없는 삶을 크게 의식하지 않다가도 한 번씩 무
언가 놓친 기분에 사로잡힐 때가 있다. 예를 들면 내가 큰

의미 없이 아이를 안아보는 상상을 한다고 말할 때, 누군가가 나를 안쓰럽게 바라보는 순간이 그렇다. 불쾌하진 않지만 오해는 풀고 싶다. 아이가 없다고 해서 내 삶이 결코 허전하거나 모자란 것은 아니라고 말하고 싶다. 굳이 왜 말하고 싶은지 나도 잘 모르겠지만. 또 "너는 육아의 책임이나 미래를 걱정하지 않아도 좋겠다"라고 말하며, 사실은 하나도 부럽지 않은 눈으로 나를 바라보는 친구를 마주할 때면 기분이 묘해진다. 왜 책임이나 미래에 대한 걱정이 없다고 생각하는지 묻고 싶지만 그냥 웃으며 대답한다. "야, 나의 노후가 얼마나 쓸쓸할지 상상해 봐. 우리 부부는 서로 먼저 죽게 해달라고 졸라. 먼저 죽는 게 특권이라니까. 혼자 남는다고 생각해 봐." 친구가 웃는다. 그 미래를 생각하면 고단한 오늘이 조금 위로가 되나 보다. 그래, 위로가 됐다면 다행이라고 생각하다가도 집에 돌아와 괜히 심통이 나서 하소연을 한다. 그럴 때마다 M은 아이가 없어서 좋은 점 열 개를 말한다. 기후 위기, 바이러스, 전쟁, 사이버 범죄, 재난 등등. "없는 게 다행인지도 몰라." 틀린 말은 아니지만, 둘 다 한동안 말이 없다가 가만히 고개를 젓는다. 아이가 없는 건 없는 것이고 비관주의자는 되지 말아야 한다고. 나는 비관주의가 싫다. 먼 미래에 다 죽을 거라고, 모두 쓸쓸하게 죽을 거라고 말하는 게, 어쩌다 한 번씩 내가 그런 생각을 한다는 게 싫다. 그건 그냥 지금을 잘 살지 못할 때 나오는 핑계 같다. 어쩌면 그런 의미에서 요즘 나는 아이를 안아보고 싶은지도 모른다. 낙관하고 싶은 마음, 나와 다른 이 생명체에게는 다른 미래가 가능하길 바라는 소망 때문에.

나는 매 순간 갈등한다. 내가 아이를 키울 수 있을까?

우리 부부는 아직 어떤 결정도 내리지 않았다. 실제로 아이를 가질 뻔했던 경험도 있다. 안타깝게도 유산되었지만. 하지만 그건 실패가 아니라 사고였고, 내게는 사고의 트라우마를 견뎌내는 시간이 필요했다. 모든 트라우마가 그렇듯 사라지는 것이 아닌, 함께 살아갈 뿐이라는 사실을 깨닫는 시간 말이다. 그 일이 수많은 기억 중 하나로, 인생에서 일어날 수 있는 무섭고 슬픈 기억 중 하나로 남기까지. '무섭고', '슬픈'이란 말보다 '일어날 수 있는'이란 말에 방점을 찍기까지.

그런 일은 일어날 수 있다, 괜찮다, 사고다… 그렇게 말하지만, 그런 일을 겪은 대부분의 여성은 크든 작든 죄책감에 시달린다. 준비되지 않았던 자신을 자책한다. 무엇이 준비되지 않았느냐고 따져 물으면 내 경우는 결국 하나다. 임신이라는 사실을 아는 순간부터 엄마가 나를 위해 했던 모든 일들, 그 희생을 내가 해낼 자신이 없다는 생각에 사로잡혀 있었다는 것. '희생'이라는 말, 누군가에게는 숭고하고 아름다운 그 말이 소름 끼치게 싫을 때가 있다.

"너도 애 낳아봐라. 별수 있나."

나는 저주인지 무엇인지 모를 그 말을 들을 때마다 늘 반박할 준비가 되어 있었다. 나는 별수 있다고 말했다. 어쩔 수 없는 모성이라는 영원한 굴레에서 벗어날 수 있다고. 모든 여자가 엄마처럼 사는 것은 아니라고 말했다. 다른 여자들이 어떻게 살아가는지 잘 알지도 못하면서. 여하튼 내가 그렇게 떠들고 다닐 때, 태아는 이미 심장이 멈춘 상태였다고 한다. 나는 내 뱃속에서 생명이 죽은 줄도 모른 채 몇 주를 함께 지내며 갑자기 멈춘 입덧과 각성 상태로 전환된 몸으로 전보다 더 많은 일을 해내며 내심 우쭐해 말했다.

"거 봐, 난 엄마랑 다르다니까."

처음에는 벌을 받은 거라고 생각했다. 어떻게 그런 결론을 내릴 수 있었을까. 지금 생각하면 말도 안 되는 일이지만, 그런 일이 있고 내 안에서 가장 먼저 고개를 든 것은 죄책감이었다. 엄마의 엄마, 그 엄마의 엄마로부터 학습되어 온, 어쩌면 세포에 저장되어 있는지도 모를 그 자책이 깨어났다. 아홉 살에, 열세 살에, 열일곱 살에 내가 큰 병에 걸렸을 때, 내가 사고를 당했을 때, 우울증과 거식증에 시달렸을 때, 엄마에게 가장 많이 들었던 말,

"엄마가 미안해."

그 말이 놀랍게도 내 안에 있었다.

"너무 미안해."

마지막 초음파 화면을 보며 내가 했던 말이다. 차마 '엄마'라는 주어를 쓰진 못했지만.

나는 그때 무엇이 미안했을까? 나의 존재와 삶의 방식, 미성숙함이 미안했을까? 그런 의문을 품다 보면 내게 사과했던 엄마가 떠오른다. 여전히 엄마는 내게 미안하다고 말한다. 물론 지금의 나에게 사과하는 게 아니라, 나의 어린 시절에 전하는 사과일 테지만. 어쩌면 엄마의 미성

숙기, 젊었던 엄마에게 보내는 사과인 것도 같다. 엄마가 내게 미안할 때, 그건 동시에 엄마 자신에게 미안한 것이 아닐까. 나 역시 그랬던 것 같다. 주어도 목적어도 없는 '너무 미안하다'는 그 문장을 다시 써볼 때가 있다. 그 과정이 어쩌면 여성으로서 거쳐야 하는 성장 과정일까. 여성은 사회적 인간으로서의 성장, 여성으로서의 성장, 이 두 개의 성장을 이뤄내야 한다. 남성 역시 남성으로서의 성장이 있겠지만, 나는 내가 경험하고, 내가 아는 그 성장만을 말할 수 있다. 엘렌 식수가 말하지 않았던가. 여성은 여성을 써야 하고 남성은 남성을 써야 한다고.*

내가 이루고자 하는 여성으로서의 성장은 문장을 다시 완성하는 것이다. 누가 무엇이 누구에게 미안한가? 그 문장을 다시 쓰다 보면 동사가 바뀌는 순간이 온다. 삶이라는 큰 맥락에서 그 문장이 차지하는 의미를 알게 되고, 그 문장 이후에 어떤 문장이 와야 하는지, 그러고 나서 이야기는 어떤 변곡점을 맞이하게 되는지를 깨닫게 되는 날

---

*   엘렌 식수, 《메두사의 웃음/출구》, 박혜영 옮김, 동문선, 2004.

이 온다. 그러니 내가 할 일은 쓰는 것일 테다. 문장을 쓰기. 고쳐 쓰기. 다시 쓰기.

M과 나는 요즘도 아이에 대해 종종 대화를 나눈다. 아이를 정말 원하는지 서로에게 묻다가 왜 우리는 아이를 갖지 못했을까, 그 이유를 찾는 대화로 이어진다. 그러다 보면 젊은 시절(정확히는 지금보다 젊은 시절)의 경제적 무능을 꼬집다가 결국 불확실한 상황을 견뎌내는 어른스러움의 부재라는 결론에 이른다. 철이 너무 없었으니까 아이가 있었어도 힘들었을 거라는 말에는 둘 다 고개를 끄덕인다. 그래도 있었으면 좋았을까 하는 물음에는 둘 중 누구도 선뜻 대답하지 않는다. 우리는 여전히 '잘 모르겠다' 쪽에 가까운 듯하다. 잘 모르겠다. 가보지 않은 길에 대해 고민해 본 적 없는데, 이 주제만큼은 여전히 고민이 끝나지 않는다. 이제 고민할 필요가 있을까 생각하는 사람도 있겠지만, 내게는 자연적 임신이 아닌 입양이라는 선택지도 있다. 다만 어떤 결정을 내리기 전에 내 안에 해결해야 할 근본적 문제들이 있다.

나는 지금 이 글을 솔직하게, 꾸밈없이 쓰기 위해 노력하고 있다. 아름다운 문장이나 감상적 표현을 배제하고 있다는 뜻이기도 하다. 마음과 생각을 있는 그대로 말하고 싶다. 적어도 이 주제에 있어서는 그렇다. 한 생명을 만나거나 책임지는 일이 어떤 감상과 충동적 기분의 결과일 수는 없으니까. 이 개인적 갈등을 글로 표현하는 이유는 하나다. 이런 이야기를 필요로 하는 사람이 있으리라 믿기 때문에. '어머니'라는 여성의 역할에 질문하는 사람이 더 많아질수록 모성을 이해하고 싶은 이 오래된 공동의 갈증이 조금씩 풀리지 않을까. 적어도 몇 가지 오해는 풀 수 있지 않을까. 이건 일종의 믿음이다. 어머니들이 가진 맹목적 그것과 닮은 믿음. 글을 쓰며 깨닫게 된 사실이 하나 있다. 믿음 없이는 사실상 어떤 글도 태어날 수 없다는 것. 아기도 마찬가지일 것이다. 그러니 당신이 태어난 것은 당신의 어머니, 그 여성이 품은 믿음의 산물이다. 당신이 살아가는 생은 당신이 품은 믿음의 산물일 테지만.

나는 자주 글이 '태어난다'는 표현을 쓰곤 한다. 물론 산고나 기다림 같은 모체의 수고를 말하려는 것은 아니다. 내가 글이 '태어난다'고 할 때, 내가 의미를 두는 쪽은 글이 가진 생명력이다. 글은 태어난 아기처럼 돌봄이 필요하고, 애정과 관심을 요구한다. 글 역시 성장하고, 모체를 떠나 다른 세상으로 나아간다. 제 시간을 다하면 소멸하나 운이 좋으면 누군가의 기억 속에서 조금 더 오래 머물 수도 있을 것이다. 이 생명의 사이클이 얼마나 아름다운지. 하물며 사람은, 그 믿음의 산물은 어떨까. 그런 생각을 하면 아이를 품어보고 싶고 안고 싶고 돌보고 싶지만, 이 '태어남'을 '출산' 또는 '임신'이라는 단어로 바꾸는 순간 내 안의 파동이 달라진다. 밀물이 아닌 썰물로, 나아감이 아니라 물러남으로, 물러나 나아갈 때를 몰라 영영 멀어지는 쪽으로. 내 안에는 출산과 임신이라는 말에 대한 거부가 있다. 동시에 열망도 있다. 그건 확실히 두려움이다. 나를 기르는 동안 엄마가 느꼈을 불안과 고독을 나는 이겨낼 자신이 없다. 결국 이 문제는 내게 몇 가지 질문과 그에 따른 답을 남긴다.

인간으로서 나는 이 삶에 만족한가? 사는 일에 가치를 느끼는가? 삶의 기쁨이 고통보다 큰가?

나는 엄마로서 사는 삶에 만족할 수 있을까? 기쁨과 가치를 느낄 수 있을까? 그 삶은 고통보다 기쁨이 클까?

한 인간으로서 지금의 삶에 만족한다. 사는 일은 대부분 고난과 고통을 견디는 일이지만, 계절에 따라 변하는 빛과 바람, 자연의 풍경만으로도, 아름다운 것을 보고 듣고 느끼는 일만으로도 사는 게 가치 있다고 생각한다. 내가 무언가를 잃어서, 아파서 느끼는 고통보다 사랑하는 이를 끌어안을 때의 기쁨이 훨씬 크다. 그렇다면 나는 누군가에게 이 생을 선물처럼 줄 수 있을 것이다. 살아보라고, 충만하게 살아보라고 말할 수 있을 것이다. 하지만 엄마가 된다고 생각하면 자신이 없다. 엄마를 예시로 삼아 그 삶을 곱씹을 때마다 늘 부정적 결론에 이르게 된다. 왜 그럴까? 엄마의 삶이 불행했다고 생각하는가? 어쩌면 그럴지도 모르겠다. 엄마의 모든 연약한 순간, 힘든 순간을 가장 가까이에서 바라봤던 사람이 나였으니까. 그런 강렬한 기억들, 몇 개의 장면들이 내 안에서 엄마를 재료로 하나의 허구를 써 내려간 듯하다. 그것은 한쪽으로 치우친, 왜곡된 이야기였으리라. 인생은 몇 개의 선별된 장면들을 꿰어 엮은 패치워크가 아니다. 인생은 날실과 씨실 그 자체다. 덩어리나 조각이 아니라 길게 이어지고 교차하며 엮이는 실이다. 무수히 많은 꼬임과 뒤틀림을 견뎌야 하고, 때로는 잘라내야 하며, 풀고 다시 엮어야 할 때도 있다.

그러니 엄마의 인생을 조각으로 자르거나 함부로 붙이지 말아야 하며 그러기 위해서는 날실과 씨실을 짜듯 다시 이야기를 써봐야 한다고 나 자신에게 말한다. 그것이 질문 끝에 찾은 대답이다. 물론 이 대답마저도 시간이 지나면 달라질 테지만.

어릴 때 수도 없이 들었던, 이제는 거의 어떤 설화처럼 느껴지는 출산 스토리가 있다. 내가 엄마 뱃속에서 아홉 달 동안 거꾸로 있었다는 것과 할머니의 반대로 제왕절개 수술을 하지 못했다는 것, 그래서 내가 죽어서 태어났다는 것. 엄마는 정말 그렇게 말했다.

"너는 죽어서 태어났어."

태어남과 죽음이 나란히 놓인 이 문장은 내게 늘 비문이었다. 죽음이 태어날 수 있던가? 그렇게 곱씹어 보면 나라는 존재가 비문처럼 느껴지지만, 사실 나는 비문을 좋아한다. 원고를 쓰고 교정할 때, 고치거나 지운 문장을 따로 옮겨 적어 간직하기도 한다. 그 틀린 문장의 다름이, 내 멋대로 해석하고 상상할 수 있음이 좋다. 죽어서 태어나기. 마치 두 번의 생을 단번에 살아버린 기분이다.

하지만 '죽어서 태어난' 아기를 회상하는 엄마의 마음은 나와 달랐을 것이다. 아니, 달랐다. 엄마에게 나는 기적인 동시에 불안이자 두려움이었다. 엄마는 그 불안과 두려움을 견디기 위해 할 수 있는 모든 것을 다했고, 나는 모든 것을 다해버리고 난 후에 지쳐버린 엄마의 얼굴이, 그 희생에 감사해야 함이 싫었다. 나는 여전히 엄마의 지친 얼굴을 싫어한다. 물론 그 지친 얼굴을 보며 단순하고 깔끔한 감사 인사 대신, 복잡하고 어지러운 감정을 느끼는 나를 더 싫어한다. 엄마의 어떤 면이 싫으면, 나는 그것을 싫어하는 내가 더 견딜 수 없이 싫다. 이 관계는 그냥 좋아할 수만은 없어서 어렵다. 나는 엄마를 복잡하고 어렵게 사랑한다. 어쩌면 그래서 내가 엄마가 되어 그 복잡함을 누군가와 다시 나눈다는 상상만으로도 겁이 나는지도 모르겠다. 임신과 출산이라는 말, 그 말을 떠올릴 때도 비슷한 감정이다. 엘렌 식수가 "과거의 결과가 아직도 여기에 있다"*라고 말할 때, 그것은 나의 이야기이기도 하다. 엄마의 과거가 아직 여기, 내 앞에 있다. 하지만 식수는 과거의 결과들을 반복함으로써 그것을 공고히 하는 것을 거부한다고 했고, 나는 두려움과 불안을 반복하지 않기 위해 그런 감정을 일으킬 만한 요소를 피하며 살아왔지만, 그것이 올바른 거부 방식이었는지는 잘 모르겠다.

가끔 내 안에 있을 타자의 자리를 상상해 본다. 텅 빈 그곳에는 엄마의 지친 얼굴이 있고, "너는 나처럼 살지 마"라고 말했던 여자들의 목소리가 있다. 여성에게 먼저 거부당한 여성의 삶이 내 안에 불모지를 만들었을까. M은 이런 생각을 해본 적이 있을까? 나는 이 모든 게 자궁을 가졌다는 이유로 반복되는 것 같다는 생각을 지울 수 없다. 자궁이 없는 그에게 아이는 선택 혹은 능력의 문제인 듯 보이고, 나에게는 선택과 능력만이 아닌, 내 안의 얼굴과 목소리들의 문제기도 하다. 내게 여성의 삶이란 과거의 결과를 아직 이곳에서 마주해야 하는 일이다.

---

*   같은 책.

과거가 아직 여기 있을 때, 식수가 제안한 것은 '여성을 쓰기'이고, 그것은 내가 선택한 방법이기도 하다. 나는 엄마를 쓰고 싶다. 나의 엄마와 내 안의 모성과 세상의 엄마들을 날실과 씨실을 엮듯 써보고 싶다. 대단한 것을 기대하며 실을 짜는 것은 아니다. 그저 짜다 보면 열리게 될 다른 이야기를 기대해 보는 것이다. 그럴 수 있을까?

요즘도 종종 입양 조건, 입양 절차를 검색해 본다. 부모님에게 운을 띄우기도 하고, M과 반복적으로 대화를 나누기도 한다. 엄마가 될 수 있을까? 잘 모르겠다. 아마도 엄마가 된 나를 사랑할 수 있을 때를 기다리고 있는 것 같다. 언젠가 엄마를 사랑하는 이야기를 완성하면 엄마가 되는 나를 사랑하는 이야기를 쓸 수 있을까? 어쩌면 이 질문은 엄마를 향한 것인지도 모르겠다.

엄마, 나를 지독하게 사랑하는 엄마,

엄마는 엄마인 자신을 사랑해?

첫눈 오던 날

눈이 왔다. 이른 아침에 하얗게 눈 덮인 동네를 산책하다가 새끼를 낳은 개를 봤다. 빈집에서 어미 개가 새끼 강아지들을 품고 있었다. 유기견 센터에 신고하지 않고(보호소에 데려다줬던 강아지가 안락사 대상이 된 이후로 신고를 망설이게 된다), 대신 어미 개가 누운 곳에 반려견이 먹던 사료를 놓아뒀다. 어미 개는 새끼들을 두고 혼자 나와 밥을 먹었고, 나는 그 모습을 지켜보다가 자리를 떴다. 한참을 걷다가 뒤돌아보니 그 개가 나를 따라오고 있었다. 배웅인 듯했다.

엄마를 만나서 아침에 있었던 일을 말했더니 엄마가 자리에서 벌떡 일어나 수건과 담요, 물그릇과 사료 그릇을 챙겼다.

"뭐 하고 있어, 가자!"

엄마는 새끼를 낳은 동물에게 필요한 것이 무엇인지 알았다. 엄마는 모든 것을 본능적으로 안다.

엄마를 차에 태우면서 물었다.

"내가 운전해도 괜찮겠어?"

비장한 표정의 엄마가 고개를 끄덕였다. 눈 내린 날에 10년째 초보인 내 차를 타는 게 겁 많은 엄마에게는 목숨을 거는 일이나 다름없지만, 돌봐야 할 대상이 나타나면 엄마는 앞뒤를 가리지 않는다. 나와 동생을 키울 때도 그랬다.

엄마를 태우고 천천히 달리는 동안 내가 봤던 어미 개의 표정을 이야기했다. 그 개에게는 함부로 대할 수 없는 어떤 위엄이 있었다고. 엄마는 그게 무엇인지 잘 알았다. 엄마의 얼굴에 막 출산한 여자의 고통과 두려움과 환희가 몇 초 동안 스쳐 지나갔고, 나는 그 표정을 관찰했다. 나는 요즘 출산을 텍스트처럼 바라본다. 관찰하고, 곱씹고, 단어의 위치를 뒤바꿔 보듯 의미를 뒤집고 되짚어본다. 여성으로서 내가 경험하지 못한 세계의 문을 닫고 싶지 않다면 설명이 될까. 혼자 사는 여성의 이야기에 관심을 기울이는 것도 같은 이유에서다. 살아보지 않은 여성의 삶을 타자를 통해 만나고, 간접적으로 경험하며 이해하고 싶다. 나는 그것이 내가 가진 여성성을 완전하게 살아보는 일이라고 생각한다.

마을의 진입로가 공사 때문에 막혔다. 엄마는 운전에 서툰 나를 안심시키려고 '천천히 가면 된다'고 몇 번이나 말했지만, 우리는 둘 다 잘 모르는 길로 차를 돌려야 하는 두려움에 나는 핸들을, 엄마는 안전벨트를 꽉 움켜쥐었다. 우리는 나뭇가지가 어지럽게 엉킨 샛길을 기어가듯 달렸고, 둘 다 서로를 안심시키기 위해 애썼다. 집이 있는 골목이 보이자 그제야 엄마가 안도의 숨을 내쉬었다.

"이렇게 겁 많은 사람이 어떻게 엄마로 사는지 몰라."

내 말에 엄마가 웃었다.

"엄마가 되는 건 곰이 마늘을 먹고 사람이 되는 것처럼 조금 비현실적인 부분이 있어."

엄마는 내 말에 더 크게 웃었다.

어릴 때는 사람의 몸에서 다른 생명이 나올 수 있다는

사실이 믿기지 않았는데(여전히 그 일은 내게 비현실적이다), 이제는 출산과 함께 여성의 몸에서 자라는 이타심이 훨씬 더 신비하게 느껴진다. 데리언 니 그리파는 "여성의 몸은 스스로에게서 무언가를 훔치는 행위를 통해 또 다른 몸에 봉사한다"[*]라고 말했고, 내게는 그 말이 위대하고 대단하나 나를 겁먹게 하는 신화처럼 들린다. 내가 그런 것을 두려워한다는 사실을 알면 엄마는 이렇게 말하겠지.

"그게 뭐가 무서워? 백번이고 주지. 다 줄 수 있지."

"뭘 줄 건데?"

나는 물을 테고,

"시간, 돈, 체력, 마음, 엄마가 가진 것 전부!"

엄마는 답할 것이다.

어머니들은 그렇게 가진 것을 다 비워내며 신화적 존재가 되는 걸까.

---

[*]   데리언 니 그리파, 《목구멍 속의 유령》, 서제인 옮김, 을유문화사, 2023.

우리는 집 앞에 차를 세워두고, 엄마가 준비한 것들을 들고 마을을 걸었다. 눈으로 뒤덮인 논밭이 포근해 보였고, 햇볕도 제법 따뜻했다. 빈집 앞에서 엄마는 "세상에, 세상에"를 외치며 개를 끌어안을 기세로 달려갔다. 나는 몇 번이나 조심해야 한다고 말했지만, 엄마는 내게 어미는 해를 끼치는 사람과 아닌 사람을 본능적으로 알아챈다고 했다.

엄마가 밥과 물로 어미 개를 불러낸 사이에 나는 담요와 수건을 깔았다. 가죽과 뼈만 남은 어미 개가 지친 눈빛으로 물을 허겁지겁 마시는 동안 새끼들은 좁은 구석으로 숨었다.

"어미는 잘 먹어야 해. 새끼들을 생각해서라도 먹어야지. 네가 잘 지내야 새끼들도 잘 지낸단다."

엄마가 어미 개에게 말했다.

"엄마는 채워야 해. 채워야 줄 수 있어."

엄마가 내게 말했다.

"모성은 다 비우는 건 줄 알았지."

"너 전혜린이 쓴 책을 읽고도 몰라? 전혜린이 딸을 낳고 자기 이야기가 아니라 딸 이야기를 쓰잖아. 그래도 그 글은 여전히 전혜린이야. 딸 낳은 전혜린의 글."

엄마가 말했다.

집에 돌아와 엄마가 내 집의 마당에서 부산스럽게 움직이는 동안 전혜린의 책을 찾아 펼쳤다. 《그리고 아무 말도 하지 않았다》의 〈자라나는 숲〉은 전혜린이 딸, 정화를 낳고 쓴 글을 담은 장이다. 그 글들은 대부분 '오늘 정화가, 오늘 정화는'으로 시작된다. 자기 고백적 글을 쓰는 작가의 주어가 일인칭에서 삼인칭으로 바뀌는 것은 스타일의 변화를 넘어서 세계의 확장과 '나' 안에 타인을 포함하는 더 넓은 사랑을 의미하는 것일 테다. 전혜린의 쓸쓸한 문체를 좋아하지만, 바지를 혐오하고 치마를 좋아하는 정화 이야기를 읽으면서 나는 정화가 아니라 그런 정화를 바라보는 전혜린을 볼 수 있었다. 놀아달라는 아이의 말에 갈등하면서도 "자기의 생이 텅 빈" 어머니의 삶을 용납할 수 없는, "가장 풍부한 개인적 생활을 가진 여자만이 아이로부터 가장 적은 요구를 한다"라고 말하는 전혜린은 출산과 함께 어느새 한 인간의 깊은 고독과, 동시에 한 여성이 직업과 양육 사이에서 살아가기 위해 사회가 마

련해야 하는 설비와 노력과 연구를 요구할 줄 아는, 개인
적이면서도 사회적인 이야기를 건네는 작가가 되어 있었
다.* 전혜린의 이런 변모는 어쩌면 데리언 니 그리파가 말
하는 또 다른 몸에 봉사하는, 즉 이타성을 통한 성장이 아
닐까.

그렇다면 출산의 경험이 없는 여성의 이타성은 무엇
을 통해 발현되어야 하는가? 또 우리는 어떤 방식으로 우
리가 가진 여성성을 성장시킬 수 있는가? 나는 그 질문의
답이 혈연 또는 종을 넘어선 관계에서 주고받는 돌봄에
있으리라 믿는다. 여성이 아이를 진정으로 사랑하기 위
해 돌봄을 통해 자신의 모성을 끊임없이 고찰하고 통찰
하듯이, 내가 속한 세계를 사랑하기 위해 나는 세계를 돌
보며 그 사랑을 고찰하고 통찰할 수 있다. 그런 돌봄은 나
를 성장시키고, 내 이야기의 주어를 확장시킨다. 주어를
확장하고 싶다. 이야기뿐만이 아니라 내 삶 속에서도.

어미 개의 보금자리를 만들어주면서 조금 다른 이야기

---

*   전혜린, 《그리고 아무 말도 하지 않았다》, 민서출판사, 1996.

를 떠올렸다. 매일 아침 산책하는 나의 이야기가 아니라, 매일 아침 산책하는 인간을 바라보는 어미 개의 이야기. 나는 그 이야기가 어미 개가 마땅히 받아야 할 돌봄을 요구하고 또 받는 것으로 끝나면 좋겠다. 위엄 있는 눈빛으로 "당신은 나를 돌봐야 합니다. 나는 생명을 돌보고 있으니까요. 생명을 돌보는 일은 존엄하니까요"라고 말하는 것으로.

눈이 다시 한두 송이 내린다. 창 너머로 엄마가 나를 바라본다. 오랜 시간 생명을 돌본 존재의 위엄 있는 눈빛으로.

3

삶을 쓰기

환한 말

아기는 음소 지각 능력을 갖추고 태어나 생후 6개월이 되면 수백 개의 음소 중에 모어에 쓰이는 소리를 구별하고 익힌다. 모어를 익히기 전, 아기에게 세계는 음악처럼 흘렀을 것이다. 쾅 울리는 소리, 살포시 밟는 소리, 바스락거리는 소리, 토닥토닥 두드리는 소리, 숨소리,

"아가야, 엄마야."

라고 서로를 명명하는 말소리.

태어나 처음으로 했던 말은 '엄마' 비슷한 옹알이였다. 수많은 음소 중에 선택했던 그 말이 어째서 '엄마'였을까. 단어의 의미를 몰랐을 때도 '엄마'를 먼저 부르기 위해 애썼다는 사실이 신기하다. 라캉은 기표(말의 감각적 측면,

소리 내어 말하는 '엄마'라는 단어의 형식)는 기의(기표에 내재된 의미)에 우위한다고 말했고,* 그렇다면 아기가 반복해서 들었을 '엄마'라는 기표를 먼저 익히는 게 당연할 수도 있겠지만, 나는 그 말이 어떤 '근원적 언어'가 아니었을까 상상해 본다. 영혼에 새겨진 언어가 있다고 가정해 보자. 한 번도 소리 낸 적 없고, 누구와도 약속한 적 없지만, 표현하고, 이해하고, 감정을 전달할 수 있는 말. 세계의 소리가 심포니처럼 울리는 곳에서 눈앞에 있는 가장 다정한 얼굴과 눈을 맞추고, 태어나기 이전부터 준비해 온 그 말을 꺼낸 것이라면. '당신이군요. 이곳이 세상입니까? 빛이네요. 그리웠어요.' 이 모든 의미를 담아서, 엄마! 여러 나라의 언어에서 '엄마'를 지칭하는 단어가 비슷하다는 점도 나의 상상에 날개를 달아준다.

비단 '엄마'만이 아니라 또 다른 영혼의 말들이 존재하고, 어떤 예술가들은 그것을 찾아내 비밀스럽게 작품에 담는 것은 아닐까. 그래서일까. 이성과 이론, 관념과 규칙

---

* 숀 호머, 《라캉 읽기》, 김서영 옮김, 은행나무, 2004.

사이에서 아름답게 미끄러지는 언어를 구사하는 작품들을 만나면 심장이 뛴다. 지금 내 머릿속에 떠오르는 작가들은 마르그리트 뒤라스, 올가 토카르추크, 클라리시 리스펙토르. 나는 그들이 선택하는 단어와 그들이 문장 안에 단어를 놓는 방식, 형식과 의미 너머의 무언가를 전달하려는 대담함에 매료된다. 사실상 그런 글들은 읽는 게 아니라 올라탄다는 표현이 더 적합하다. 주도적으로 이끌어 나가거나 이끌리는 독서와는 다르다. 이끌어 나가는 독서는 내 세계의 한계에 가로막힐 수 있고, 이끌리는 독서는 지나치게 수동적이거나 열심히 뒤를 좇다가 조바심에 불행해질 수 있다. 반면 올라타는 독서는 떨어지지 않도록 안간힘을 써서 매달려야 하지만, 어느 순간 글이 움직이는 대로 몸과 생각을 맡기면, 한 번도 가보지 못한 곳까지 가볼 수 있다. 그런 독서 끝에는 언제나 내 안에 잠재하는 말을 찾아낼지도 모른다는 희망이 싹튼다. 어쩌면 모어의 가장 깊은 곳까지 미끄러질 수도 있을 것만 같다. 지금보다 훨씬 더 깊고, 더 넓고, 더 유연한 언어를 내 안에서 발견할 수 있을까.

내가 '순간'을 이야기하고자 할 때 말하려는 동시에 이미 사라져 버리는 그것에 절망하는 대신에, 클라리시 리스펙토르처럼 '영원한 지금'을, 모든 순간의 '있음'*을 말할 수 있는 언어를 가질 수 있다면…. 그렇지만 내 언어는 동경하는 이들의 그것만큼 깊지도, 넓지도, 유연하지도 않다. 내 것은 모어의 깊은 곳으로 미끄러지기보다 모어의 한계에 부딪혀 깨지는 편이다. 어떤 날은 내 글쓰기의 한계를 넘는 유일한 방법이 모어를 버리는 일이 아닐까 생각해 본다. 아고타 크리스토프가 모어가 아닌 프랑스어로 글을 썼을 때, 그의 글은 확실한 땅에 안착하는 단단한 발을 잃는 대신에 위태로운 자유를 얻었다. 영원히, 완전히 내 것이 될 수 없는 땅을 날아오르는 이국의 언어라는 날개란 얼마나 처절하게 아름다운가.

나는 내가 사랑하는 모든 작가의 언어 앞에서 경이를 느끼는 동시에 내 언어의 결여를 깨닫고 절망한다. 나에게는 '없음'을 '있음'으로 바꿔놓는 통찰력과 과감히 땅 위로 날아오르는 용기 같은 것이 없다. 내게 있는 것은 무엇

---

*   클라리시 리스펙토르, 《아구아 비바》, 민승남 옮김, 민음사, 2023.

인가. 오직 결여에서 오는 욕망뿐이다. 가장 안전하고 견고한, 경직된 울타리 안에서 유연하고 자유로운 언어를 욕망한다는 것은 마치 발레리나를 꿈꾸지만 몸이 말을 듣지 않는 아마추어처럼 엄청난 불운으로 해석될 수도 있겠지만, 또 실제로 그것은 불운일지도 모르겠지만, 불행이 아니라는 점만은 확실하다. 내게 욕망은 중요하니까. 욕망이 없는 글이 존재할 수 있는가? 나는 욕망이 빠진 글을 만나본 적이 없다. 세계를 즉시하고 해석하고자 하는 욕망, 그것을 말하고자 하는 욕망, 더 아름답게 표현하고자 하는 욕망, 심지어 덜어내려는 마음조차도 욕망이다. 이 욕망들이 없는 세상은 무음의 세계다. 아무것도 들리지 않고 말해지지 않는 무덤 같은 침묵의 세계. 이 말 많은 세상에서 자기 말을 삼킬 줄 아는 선생들의 절제력과 고귀함이 칭송받는다는 것을 잘 알고 있지만, 내가 아는 모든 여자, 또 그 여자들을 있게 한 다른 여자들이 침묵을 강요받은 세월을 살았다는 사실을 생각해 보면, 글을 쓰는 여성으로서 나는 내 욕망을, 말하고 싶은 이 충동을 침묵의 무덤에 묻을 수 없다.

　나는 동경하는 작가들의 언어를 마음에 품고, 나의 경

직된 언어로 말한다. 모어에서 벗어나길 꿈꾸면서 모어를 움켜잡는다. 유연하고 자유롭고 아름다운 것을 욕망한다고 말한다. 그런 것을 가질 수는 없지만 알아볼 수 있고, 사랑할 수 있다고 말한다. 이것이 내가 내 글에 담을 수 있는 솔직함이다.

나는 '엄마'를 부르면서 영혼의 언어와 다른 언어의 가능성을 잃어버렸다. 다와다 요코가 말하지 않았는가. 하나의 모어를 배우는 것은 다른 가능성을 죽이는 것이라고.* 엄마는 내게 오직 하나의 언어를 줬고, 나는 그것 안에서 안정과 사랑, 구속과 한계를 동시에 느낀다. 이 언어를 대하는 나의 마음은 이중적이다. 지키고 싶은 만큼 버리고도 싶다. 잃고 싶진 않지만, 완전히 새로운 언어를 가져보고 싶다. 돌이켜 보면 새로운 언어를 향한 갈망이 나를 다른 나라, 프랑스로 떠나게 한 것 같다. 알아들을 수 없는 언어가 흐르는 곳에서 살고 싶었다. 의미에 짓눌려

---

* 다와다 요코,《여행하는 말들》, 유라주 옮김, 돌베개, 2018.

잃어버린 음악성을 되찾고 싶었다. 이제 막 피아노를 배우기 시작한 사람이 건반을 누르는 것처럼 신중하게 소리 내며 느껴보고 싶었다. 굳은 혀가 어떻게 움직이는지, 단어가 어떻게 내 몸을 통과하여 쌓이는지. 처음으로 프랑스인과 나눴던 대화를 기억한다. 아니, 대화가 아니라 언어의 음音을 기억한다. 태어나 '엄마'를 처음 불렀을 때도 그랬을까. 혀와 턱관절이 말을 듣지 않아 괴로웠을까. 머리와 입이 따로 노는 게 곤란했을까. 마침내 '엄마'라고 불렀을 때 엄마의 웃는 얼굴을 보며 짜릿했을까. 아이러니하게도 프랑스어를 배우면서 나는 모어에 더 가까워졌다. 새로운 것이 들어와 오래된 말들이 내 안에서 훼손되는 게 두려웠다. 모어와의 관계를 다시 구축하고 싶었다. 처음으로 돌아가 내가 엄마의 언어를 익히면서 누렸을 기쁨 혹은 슬픔을 되찾고 싶었다. 나의 모어를 다시 알고 싶었다.

모어를 습득하는 과정에서 제일 먼저 배우는 것은 억양과 리듬이라고 한다. 우연히 녹음된 내 목소리를 듣다가 엄마와 닮은 억양과 리듬을 발견하고 깜짝 놀란 적이 있다. 글도 마찬가지다. 내 글에는 엄마의 억양과 리듬이 있다.

초등학생 때 엄마와 교환 일기를 썼다. 편지를 주고받는 것처럼. 그건 우리만의 비밀이었고, 나는 엄마의 일기를 기다리는 시간이 좋았다. 하지만 엄마의 일기는 난해했다. 애초에 '나'라는 독자를 전혀 고려하지 않은 글이었다. 의미를 모르는 단어 혹은 낯선 단어의 배열, 나는 그걸 읽으면서 아름답다고 느꼈다. 내게는 그 글이 날마다 자기를 소진하며 사는 엄마가 남겨놓은 자투리 같았다. 채워지는 일기장은 자투리를 조각조각 꿰어놓은 이불이었을까. 폭풍우처럼 몰아치는 삶을 살아본 사람은 안다. 온전히 나를 위한 자투리 한 조각 손에 쥐는 게 얼마나 어려운 일이지. 그 천 조각 같은 무언가를 꿰어놓은 말이 얼마나 거칠고, 절실한지. 얼마나 따뜻한지.

나는 오색 색종이를 들고 자투리 조각을 흉내 냈다. 예쁜 것보다 거친 게 좋았고, 외로움이 뭔지 모르면서 외로운 척했고, 그러다 보니 정말 거칠고 외로워졌다. 그게 나의 언어이면서도 완전한 내 것은 아니라고 생각했다. 마음이 황망해질 때마다 물었다. 이것이 정말 내 것일까? 누군가에게 빌려온 말과 마음을 내 것이라고 착각하고 있는 것은 아닐까? 이 혼란과 불완전함과 불안을 말하는 것이 무슨 의미일까? 의미를 모른 채 말하는 게 괜찮을까? 완전한 답은 알 수 없지만, 나는 말하는 것을 택했다. 혼란과 불완전함과 불안. 아직 발견되지 않은 의미. 그게 내가 과거를 뒤져 찾아낼 수 있는 진실이니까. 진실은 어떤 모양이든 가치가 있다. 그것이 내가 엄마와 나눈 일기장에서 배운 것이다.

　진실은 어떤 모양이든 가치가 있다. 하지만 담는 그릇에 따라 넘쳐흐르기도 하고 몇 프로 부족한 진실이 되기도 한다. 넘치거나 부족한 진실은 진실을 놓친다. 그것이 진실을 담는 그릇, 언어를 정련해야 하는 이유다. 여기서 언어는 문자를 말하는 것이 아니다. 그림도 음악도, 우리의 몸도 하나의 언어가 될 수 있다. 다만 전달하고자 하는 것은 중요하다. 언어는 주는 것이니까. 내가 가진 정보를, 감정을, 생각을, 마음을 주는 일. 거기서부터 시작해보자. 언어는 주는 것. 엄마가 내게 그랬던 것처럼. 그렇게 생각하면 언어는 모성을 품은 듯하다. 태어나 처음 배운 언어를 '모어'라고 부르는 것이 너무도 당연하게 느껴질 만큼.

주는 일을 생각한다. 나의 새로운 숙제다. 이전에는 글
쓰기가 무언가를 주기 위한 행위라는 생각을 해본 적이
없다. 준다는 것 자체가 우월감을 표현하는 것 같아 거부
감도 느껴졌다. 지금은 아니다. 어떤 어머니가 우월하기
때문에 주겠는가. 그것은 육체적, 정신적 본능이다. 사랑
의 본능. 반드시 행위로 이어져야만 하는 여성 안의 주체
성, 용기.

모어란 무엇인가. 언어의 발달 과정에서 모체가 되는
언어이자 바탕이 되는 말이다. 나는 그 언어를 엄마에게
배웠고, 내 글에는 늘 엄마가 있다. 그것은 과거로의 회귀
나 퇴화가 아닌 과거로부터 시작되는 전행前行이다.

나는 모어로 글을 쓰고, 그 언어를 의식하고 고민하며
결여에서 욕망으로 욕망에서 주체성과 용기로 나아가길
원한다. 모어로 글을 써서 주는 일, 모어를 쓰며 모어 바
깥으로 나가는 일은 내가 모어를 돌보는 방식이자 내가
추구하는 언어의 모험이다. 모어에서 시작해 모어로 나
아가고 있다. 어쩌면 거기서부터 나의 모어와 타자의 언

어가 연결될 수 있지 않을까. 그 만남으로 엄마의 것도, 내 것도, 완전히 타자의 것도 아닌, 우리의 돌연변이 언어가 탄생할지도 모른다고 생각하면 읽고, 쓰고, 말하고, 외치는 일이 즐겁다. 돌연변이는 변이의 변이를 거쳐 어디까지 갈까. 확실한 것은 그 길 끝에 다다르면 처음이자 마지막으로 꺼냈던 영혼의 언어를 떠올리게 되리라는 것.

심포니처럼 울리던 음소가 하나로 모이고, 빛이 환해지고, 오래 그리워한 얼굴이 나를 보는 그 순간, 터져 나올 그 말.

엄마.

기억하자. 내게도 당신에게도 그 환한 말이 있다는 것을.

아니 에르노로부터

엄마의 책장에 아니 에르노의 책이 쌓여 있다. 물론 엄마는 그 책들을 다 읽지는 않았다.

나의 첫 역서는 아니 에르노의 《사진의 용도》*다. 그 책은 오랫동안 엄마의 옷 가게 테이블 위에 반듯하게 놓여 있었다. 중년의 여성들이 옷을 입어보고, 음식을 나눠 먹고, 한담을 나누는 장소에 어울리는 책은 아니었다. 가끔은 손님 중에 인사로 혹은 친절로 그 책을 사겠다고 말하는 사람들이 있었다. 하지만 그들 대부분은 그런 책을

---

* 아니 에르노, 《사진의 용도》, 신유진 옮김, 1984BOOKS, 2018.

어떻게, 어디서 사야 하는지 몰라 난감해했다. 동네서점에는 팔지 않았고, 가입해 본 적 없는 인터넷서점에서 주문하는 노력은 쉽지 않았을 테니까(나 역시 사본 적 없는 물건을 인터넷으로 주문하는 게 귀찮고 어렵다). 물론 살 수 있었다고 해도 유방암에 걸린 아니 에르노가 애인과 섹스한 후에 남은 흔적을 사진으로 찍고, 그것을 글로 기록한 책을 읽어보라고 권하는 게 엄마 입장에서는 쉽지 않았을 테다. 나는 엄마 가게에서 손때 하나 묻지 않은 깨끗한 그 책을 볼 때마다 차라리 다행이라고 생각했다. 번역서가 나올 때마다 엄마가 읽지 않기를 바랐다. 내가 쓴 글보다 옮긴 글들이 나를 더 적나라하게 드러내는 것 같을 때가 있었으니까. 내가 옮긴 글의 작가들이 나로서는 도저히 쓸 수 없는 말을 쓸 때, 나는 그들 뒤에 숨어서 아무도 들리지 않게 말하고 있다. 얼굴이 화끈거리는 생각, 숨겨둔 마음을 글자와 다른 사람의 목소리를 빌려서. 아니 에르노가 그랬고, 에르베 기베르가 그랬다. 그들의 문학 속에서 나를 확인했던 순간 내가 느꼈던 짜릿함과 수치심은 나만의 비밀이다. 다른 누구와 나누고 싶지 않다. 특히 엄마는 몰랐으면 한다. 그래서일까. 엄마의 책장에 나

란히 꽂힌 아니 에르노의 책들을 볼 때마다 가슴이 두근
거렸다. 나도 형언할 수 없는 나의 마음을 혹시 들켰을까
봐….

처음으로 읽은 아니 에르노 작품은 《빈 옷장》이었다.
소르본 대학에서 현대 문학을 가르치는 친구 집에 놀러
갔다가 학생들이 아니 에르노의 작품을 읽고 쓴 과제물
이 식탁 위에 놓여 있는 것을 봤다. 그중 제일 위에 있던
종이가 우연히 눈에 들어왔는데, 거기 이런 문장이 적혀
있었다.

"나라면 이런 이야기를 절대 쓰지 않았을 것이다. 썼다
고 해도 절대 아무에게도 들키고 싶지 않을 것이다."

그날 친구에게 아니 에르노 전집을 선물 받았다. 집에
돌아와 책을 펼쳤고, 《빈 옷장》을 읽기 시작했다. 침대에
서 이불을 뒤집어쓰고 있었는데, 그 이불 안이 너무 더워
서 얼굴이 후끈거렸으나 차마 걷어내지 못했다. 누가 나
를 볼까 봐 싫었다. 나조차도 나를 볼 수 없었으면 했다.
내가 그 책을 읽으며 내 부모를, 내 유년기를 생각했다는
사실을 아무도 몰랐으면 했다. 나는 절대 쓰지 않을 이야

기, 들키고 싶지 않은 이야기의 문을 그렇게 열게 됐다.

 엄마와 아니 에르노에 대해 대화를 나눈 적은 없다. 엄마가 그 작가의 글에 크게 공감하지 못했으리라 짐작할뿐이다. 물론 엄마는 내게 '조금 어렵다'라고 말한 게 전부고, 감상평이나 의견 같은 것은 말한 적 없었다. 하지만 엄마가 어떤 글을 좋아할 때의 표정, 그 글을 설명하는 몸짓과 말을 잘 알기에 엄마의 취향 정도는 어렵지 않게 추측할 수 있으니까. 어쩌면 단조로운 문체가 거슬렸을까. 엄마가 좋아하는, 껍질을 벗고 날아오르는 순간 같은 게 없다는 것도 맥 빠지는 요소 중 하나였을 것이다. 아름다움과 감동을 찾는 방식도 엄마가 기대하는 것과는 달랐을 테다. 하지만 그런 것들이 엄마가 어렵다고 말한 이유는 아니었으리라. 엄마가 공감하지 못했던 부분은 아마도 계급횡단자인 아니 에르노의 시선이지 않았을까? 나를 매료시켰고 동시에 나를 불편하게 했던 그것 말이다. '계급횡단자'라는 말은 두 세계를 아우르는 것 같지만, 한편으로는 어느 한쪽에 치우친 시선이 아닐까 싶다. 자신이 속했던 세계 밖으로 나가본 사람만이 안과 밖이 있음을, 이쪽과 저쪽이 있음을 알 수 있지 않은가. 그런 기회를 얻지 못한 사람에게 세계는 나눠지지 않는다. 그들에게 세계는 하나다. 자신이 아는 세계, 그게 전부다. 모르는 세계는 애초에 존재하지 않는다.

엄마의 세계에서 계급의 이동은 없었다. 엄마는 엄마의 엄마와 다를 것 없는 삶을 살았다. 엄마의 엄마는 일찍 가장이 되어 가족을 돌봤고, 엄마의 아빠는 평생 아무 일도 하지 않았다. 외할아버지는 양반집 아들이었고, 초등학교도 다니기 어려운 시절에 대학까지 나온 행운아였지만 군대를 다녀오지 않아 평생 번듯한 일자리를 구할 수 없었다고 한다. 엄마는 외할아버지의 무능함을 싫어했다. 내 기억 속 외할아버지는 산책하는 사람이었다. 외가에 가면 저 멀리서 걷고 있던 사람. 평생 집 주위를 돌던 그 사람. 그보다 더 멀리 가본 적 없는 사람. 그는 또 책을 읽는 사람이기도 했다. 돌아가시기 전까지도 책을 읽으셨다. 그것이 할아버지가 엄마에게 남긴 유일한 유산이지 않았을까. 책이라는 방공호. 책이라는 현실도피. 나는 한때 엄마가 현실에서 벗어나기 위해 책을 선택했다는 것을 알고 있다. 엄마가 책을 버린 것은 현실로 돌아오면서였다. 엄마는 가장 역할을 하지 않는 아버지가 싫어서 아빠와 결혼했다. 아빠는 책임감이 강했고, 아빠의 책임감은 '돈'이었다. 그 외에는 모두 엄마의 몫이었다. 그러다 돈 버는 일마저 엄마의 몫으로 돌아갔다. 어느 순간 아빠는 외할아버지와 비슷하게 책임을 다할 수 없는 사람이 됐고, 집 주위를 맴도는 사람이 됐다. 엄마는 엄마의 엄마처럼 가장이 되어 가족을 돌봤다. 장사를 했다.

엄마에게는 상인의 언어가 있다. 엄마에게 처음부터 그런 언어가 있었는지 잘 모르겠다. 다만 내가 자란 시장에서는, 특히 시장의 여자들은 다들 그런 말을 쓴다. 친근한 말, 적당한 과장으로 사람의 마음과 주머니를 열게 하는 매혹의 말, 흥정의 말, 다 내어줘도 자존심 하나는 꼭 쥐어야 하는 말. 물론 어릴 때는 '그런 말'과 다른 말이 있다는 사실을 알지 못했다. 성인이 되어 내가 속한 세계를 벗어나고 나서야 알았다. 엄마의 말과 행위가 교양과 문화와 체면을 중시하는 세계의 그것과 다르다는 것을.

대학교 2학년 때, 베이비시터 아르바이트를 했다. 남편은 은행, 아내는 유엔에서 일하는 맞벌이 부부의 아들 셋을 돌보는 일이었다. 첫째는 아홉 살, 둘째는 다섯 살, 막내는 한 살. 정확히 내가 할 일은 학교에서 첫째, 둘째를 픽업하고, 첫째를 음악 학원에 데려다주고, 첫째가 레슨을 받는 동안 둘째와 놀아주고, 마지막에 셋째를 어린이집에서 픽업해 집으로 데려오는 일이었는데, 약 세 시간 근무였지만 보수는 좋은 편이었다. 부부는 예의 바른 사람들이었고 내게 친절했지만 사담을 나눈 적은 없었다. 깍듯한 인사와 안부 그게 전부였다. 시장에서 여자들이 주고받는 대화 같은 것은 상상할 수 없었다. 그들과 나 사이에 그런 것은 불가능했다. 그 집안에서 나와 대화를 나눌 수 있는 사람은 첫째 아들뿐이었다. 나는 아홉 살짜리 아이에게서 주말에 그들이 관람했던 오페라나 클래식 음악 연주회, 파리 근교에 있는 할아버지의 별장, 그 별장에 걸린 할아버지의 초상화, 과들루프에서 보낸 여름휴가에 관한 이야기를 들었다. 그 남자애는 슈만을 좋아했다. 아홉 살에 슈만을 좋아할 수 있다는 사실이 내게는 조금 놀라운 일이었지만, 그 아이에게는 자연스러워 보였다. 부부는 브랜드가 눈에 띄지 않는 의복을 착용했고, 꾸밈없이 단정했으며, 내가 자란 환경의 사람들과 크게 다르지 않아 보였다. 다만 어린이집에서 셋째를 데려와 목욕을 시키고 옷을 입히기 위해 아기 옷장을 열었을 때, 하얗게 빛나던 그 작은 '디올'들은 나를 조금 당황하게 했다. 디올에서 아기 우주복을 만든다니…. 태어나서부터 그런 옷을 걸치고, 주말마다 오페라를 관람하고, 할아버지의 별장에서 중세 시대 유물을 꺼내는 삶을 그 아이들을 보며 상상했다. 그런 세계를 마주하는 게 놀라워 엄마에게 전화를 걸면 엄마는 지친 목소리로 말했다.

"왜? 입에 침 마르게 떠들고, 가랑이가 찢어지게 뛰어다녔더니 너무 힘들어."

"뭐 하느라?"

내가 물으면

"뭐 하긴 뭐 해. 뭐라도 더 팔아야 살지."

엄마가 말했다.

엄마가 팔 때, 나는 마음이 아팠다. 왜 마음이 아팠는지 모르겠다. 아니다, 헛소리다. 사실 나는 창피했던 거다. 나의 세계에서 '판다'라는 말에는 늘 부정적 의미가 포함되어 있었으니까. 대학 때, 한 선배가 예술을 하는 사람은 팔면 안 된다고 했다. 왜요? 왜 안 돼요? 파는 게 나빠요?

따지고 싶었는데, 누가 그 말을 그렇게 더럽혔냐고 묻고
싶었는데 묻지 못했다. 팔지 않는 그는 좀 있어 보였고,
여전히 팔지 않는 애들은 나보다 더 있어 보인다.

"팔지 마!"

내 말에 둘 다 웃었다. 이어지는 말은 우리 동네 시장
여자들이라면 다 아는 그 말.

"안 팔면 우리 식구 그냥 다 굶어 죽어?"

엄마는 하얀색 디올 우주복을 본 적 있을까? 오페라
는? 중세 시대 유물이 있다는 별장은? 유엔에서 일하는
여성의 다이어리에 빼곡하게 적힌 아름다운 프랑스어는?
주말마다 아내와 아이들을 차에 태우고 공연과 전시회를
관람하는 남편은? 엄마는 다른 나라의 이야기라고 했다.
그래, 그건 정말 다른 나라의 이야기였다. 나의 이야기는
아니었다. 엄마가 나를 보낸 다른 나라. 가봤으나 결국 들
어갈 수 없었던 다른 세계. 계급횡단자라는 게 뭘까? 나
의 계급은 어디에 속할까? 아니 에르노는 부르주아 지식
인의 언어가 아니라 그의 부모가 살았던 세상, 이브토의
노동자들, 상인들의 언어로 글을 썼고, 그것이 그가 할 수
있는 종種을 위한 복수라고 말했다. 그건 부르주아 지식

인이 된 그의 선택이었다. 나는 선택할 수 있는가? 내게 선택의 여지가 있나? 엄마가 사는 곳으로 다시 돌아온 내게 다른 언어가 있을지 모르겠다. 분명한 건 나 역시 팔아야 살 수 있다는 것. 이야기를 팔고, 글을 팔아야 한다. 판다는 것은 나와 내 가족, 내 이웃에게는 지극히 당연한 행위다. 팔 때는 내가 가진 좋은 것을 내놓아야 한다. 후진 것을 파는 건 자존심을 훼손하는 일이고, 파는 사람이 가진 것은 팔 물건과 자존심이 전부다. 내가 가진 좋은 것을 내놓자. 그렇다. 나는 저쪽이 아니라 이쪽에 있다. 나는 건너가지 않았다. 좋은 걸 팔고 싶다. 상인의 아름다운 언어로 말하고 싶다. 은유와 직유, 음률과 박자와 밀고 당김이 완벽한 그 언어로 쓰고 싶다. 나는 아니 에르노처럼 두 세계의 언어를 두고 선택할 수 없지만, 내게 하나뿐인 세계의 언어를 껴안아 버릴 수는 있다.

지난여름, 아니 에르노를 이야기하는 자리에 초대받았다. 독자들과 마주하는 자리는 내가 하는 일이 실체 없는 허상이 아니라 누군가에게 가닿는다는 사실을 확인할 수 있어 대체로 즐겁지만, 유독 아니 에르노를 말하는 자리만큼은 마음이 가볍지 않다. 그의 글을 이야기하다 보면 내가 숨겼던 무언가를 다시 자각해야 하기 때문이다. 그럼에도 불구하고 아니 에르노가 그랬던 것처럼 나 역시 '나'를 꺼내게 된다. 아니 에르노의 문학은 나도 그처럼 진실을 말할 수 있는 용기를 내게 하니까. 그날도 그랬다. 나는 사람들 앞에서 아니 에르노의 책을 읽고 내가 느꼈던 감정이 감탄이나 감동이 아닌 수치심이었다고 고백했다. 그 자리에 있던 한 여성이 조심스레 손을 들었다. 그 여성은 자신도 나와 똑같은 감정을 느꼈다고 말했다. 우리는 대화를 이어나갔고, 서로의 감상을 몇 마디 덧붙이다가 어느 순간 우리의 수치심이 서로 다른 종류였음을 깨달았다. 그분은 아니 에르노의 어머니에게서 자신의 모습을 봤고, 그것이 어쩌면 딸의 시선일 수도 있다는 생각에 부끄러움을 느꼈다고 했다. 잠시 할 말을 잃었다. 나는 한 번도 아니 에르노의 '엄마'가 되어본 적은 없었으니까. 나는 늘 아니 에르노의 '나'였으니까. 토론이 이어지는 내내 에르노가 말하는 '진실'에 대해 생각했다. 있는 그대로 꾸미지 않고 쓴 그의 '엄마' 이야기에는 어떤 진실이 담겨 있을까. 그것은 에르노의 진실일까, '어머니'의 진실일까.

집에 돌아와 《한 여자》를 펼쳤다. 아니 에르노는 어머니가 사망한 후에 쓴 그 글이 '말들을 통해서 가닿을 수 있는 어머니에 대한 진실을 찾아 나서는 일'이라고 했다.[*] 그는 죽음과 함께 어머니가 사라진다는 것을 인식함과 동시에 자신이 할 수 있는 일을 찾았을 테다. 물론 그것은 애도의 한 형태이고 상실에 대한 반응이겠지만, 어머니를 단지 어머니로 복원하는 일은 아니었으리라 생각한다. 어머니를 말하는 일이 아닌 한 존재의 의미를 되짚는 일이었을 것이다. 그의 외모, 성격, 행동, 그가 속했던 사회적 환경, 그를 둘러싼 역사적 배경까지, 여성의 삶을 살아간 한 인간을 다각도에서 살피고, 말하고, 그것의 의미를 되돌려 주려고 했을 것이다. 하지만 한편으로는 의문이 든다. 그게 가능할까. 우리가, 딸들이 어머니를 어머니에게서 해방시켜 줄 수 있을까. 역사와 사회 속 한 여성으로 온전히 말할 수 있을까. 어머니에게서 어머니를 떼어

---

[*]   아니 에르노, 《한 여자》, 정혜용 옮김, 열린책들, 2012.

놓는 일은 딸의 시선이 지워져야 가능한 일이 아닐까. 물론 에르노의 말처럼 그의 글은 어머니를 한 여성으로 돌려놓는 하나의 '시도'일 뿐이다. 그는 그 시도를 성공이라고 말한 적이 없다. 어쩌면 나는 거기서 실패를 읽어냈는지도 모르겠다. 내가 읽은 것은 한 여성이 아닌 분명 어머니였으니까. 내가 딸이기 때문일까. 그것이 딸들의 한계일까. 적어도 나의 한계임은 분명하다.

내게 엄마는 늘 엄마다. 여성인 엄마, 사회인 엄마, 역사 속 엄마. 엄마를 벗어난 엄마를 나는 말할 수 없다. 그럼에도 불구하고 나는 '엄마'라는 여성을 읽어보고자 한다. 쓰고자 한다. 읽으며 엄마가 되어보고 싶고, 엄마라는 여자를 짐작해 보고 싶다. 쓰면서 엄마의 엄마가 되고 싶다. 나는 그렇게 한 번이라도 엄마를 살아보고 싶다. 세상에 없는 엄마 앞에 애도의 글을 펼치고 싶지 않다. 내 앞에 있는 엄마에게 나의 실패한 시도를 전해주고 싶다. 엄마로서 고정된 삶이 아닌, 엄마로서 변화하는 삶, 생명력 넘치는 그 삶을 기록하고 싶다. 왜 그래야 하는지 묻는다면 이유는 하나다. 나는 그것이 의미 있는 일이라고 생각하니까. 나에게, 엄마에게, 엄마를 엄마로밖에 볼 수 없는 세상 모든 딸에게.

엄마가 이 글을 읽을까. 읽지 않으면 좋겠다. 언제나 들키는 건 무섭다. 하지만 들키고 싶지 않은 마음 아래에는 알아줬으면 하는 마음도 있다. 그 두 마음은 언제나 함께한다. 들키고 싶지 않은, 동시에 알아줬으면 하는 나의 진짜 마음이 있다. 나도 형언할 수 없는 나의 마음을 아마도 엄마는 알고 있을 것이다. 알면서도 말하지 않을 것이다. 엄마는 다 말하지 않는다. 하지만 진짜만 준다. 그것이 엄마의 언어이고, 자존심이다.

사납게 써 내려간 글자들

소바주sauvage. '야생의, 거친'이란 뜻을 담은 이 단어는 여전히 남성성을 상징할까? 티브이를 보다가 조니 뎁과 눈이 마주친 순간 궁금해졌다. 사막에서 조니 뎁이 기타를 거칠게 연주하자 늑대들이 깨어난다. 늑대들은 조니 뎁과 나란히 걷는다. 남성용 향수, 소바주 광고의 한 장면이다. 소바주의 향기란 뭘까? 늑대 냄새? 남자 냄새? 내게는 어려운 클리셰다. 나의 소바주에는 조니 뎁과 늑대가 없다. 내게 행운처럼 찾아왔던 몇 권의 책들이 남긴 위업이다. 클리셰를 거부하기, 클리셰에 질문하기, 클리셰를 지우기. 지운 자리에는 반드시 무언가를 다시 써본다. 오직 연필로. 〈사랑은 연필로 쓰세요〉라는 옛 유행가가 있는데, 쓰다가 틀리면 지우개로 지워야 하니까 연필로 써야 한단다. 내가 믿는 진실도 그렇다. 언젠가는 고쳐지고 지워져야 한다. 연필로 쓴 나의 진실은 유약하고 불완전하나 자유롭다. 문장 안에 갇히길 거부한다. 근육이나 타투는 없지만 자잘한 상처는 있다. 그 진실은 사막보다 더 큰 위험이 도사리는 글자의 세계에서 늑대보다 더 사나운 자기 비하와 자기 위안, 그보다 더 무서운 비대한 자아를 경계하며 나아간다. 나의 이 연약한 진실에 이름을 붙인다면… 그것 또한 소바주가 아닐까.

클리셰를 지운 자리에 소바주를 다시 써본다.

나의 첫 번째 소바주는 글자들이었다. 어느 오후, 엄마가 소파에 비스듬히 앉아 유리 탁자 위에 맨발을 올리고, 수화기를 들고 중얼거리며 전단이나 전화번호부, 메모지에 반복적으로 적었던, 언뜻 보면 무의미한 것 같으나 자세히 보면 의식과 무의식을 오가는 말들을 담았던 글자들. 밑으로 내려갈수록 점점 짙어지는 볼펜의 두께, 네모 칸, 네모 칸 속 또 다른 네모 칸, 힘을 주어 그린 빗금이 지운 말들. 무엇이었을까? 긴박하게 또는 사납게 적어 내려간 그 단어들은.

엄마가 아무 일도 없었다는 듯이 수화기를 다시 내려 놓고, 발을 올렸던 유리 탁자를 마른걸레로 훔치고, 각을 맞춰 정리한 물건들 사이에 낙서를 숨기고 떠나면, 나는 그 자리에 엄마처럼 비스듬히 앉아 숨겨진 것들을 들춰 냈다. 전화번호부 모서리에 적힌 '갈치속젓', 전단지에 빗 금으로 지운 '생활비' 그리고 '글 쓰는 여자', 네모 칸을 그린 후에 그 안에 가둔 '삶'이라는 글자, 또 몇 번이나 고쳐 쓴 '잘못된 건 아닐까?'라는 문장. 나는 그 글자들의 조련 사가 되고 싶었다. 비린내 나는 글자는 깨끗이 씻기고, 내가 모르는 어떤 의미들을 해독하고, 조련하고, 길들이고 싶었다. 길들여진 것만이 세상에 나올 수 있다고 믿었으 니까. 사람들이 길들이지 않은 것을 꼭꼭 감추고 살다가 어느 순간 완전히 잃어버리는 것처럼 그 글자들을 잃고 싶지 않았으니까.

날카로운 발톱을 숨기고 있는 말, 질서 안에 들어가지 않는 말, 더 넓고, 더 커다란 세상을 향해 튀어 나갈 듯이 웅크리고 있는 말. 나는 때때로 그 야생의 글자들을 비린 내와 싸구려 볼펜 잉크 냄새를 벗겨 '진실'이라는 그럴듯한 이름으로 포장해 나의 문장으로 만들곤 했다. 나는 자주 엄마의 단어를, 문장을 훔쳐 썼다.

'여성의 텍스트란 무엇일까요?'

어느 서가 앞에서 질문을 받았고 나는 내가 아는 것들을 말했다. 여성이 받아온 사회적 제약과 제한, 모성, 쓰고자 하는 욕망. 결국 쓸 수밖에 없는 운명 등등.

"빠진 게 있어요."

내 이야기를 가만히 듣던 질문자가 말했다. 잠시 적막이 흘렀다.

"야성이요. 여성이 가진 야성이요."

그 말 한마디가 우리 사이의 침묵을, 내 머릿속의 잠들어 있던 무언가를 때렸다. 내게도 야성이라 부를 수 있는 게 있을까. 한 번도 표출해 본 적 없는, 그러나 전화번호부, 전단지 속 야생의 단어들을 보며 막연히 짐작해 본 그 '야성' 말이다. 그날 이후 그 말이 나를 사로잡았다. 내게 온 이유가 있을 것이다. 한 단어가 이토록 나를 사로잡은 것은 무엇을 고쳐 쓰기 위함은 아닐까?

'갈치속젓, 생활비, 글 쓰는 여자, 삶, 잘못된 건 아닐까.'

나는 이 글자들을 해부하기 위해 하얀 화면 위에 올려놓는다. 칼을 대기도 전에 시뻘건 심장처럼 박동하는 것들이 있다. 살아내려는 각오와 살아남으려는 의지 같은 것. 가벼우면서도 진한 그 글자들은 중심부와 주변부를 나눌 수 없고, 오직 흩어진 채로 한 여성의 세계를 구성할 뿐이다. 의식과 무의식이 만나 탄생한, 청중도 독자도 없는 말들. 세상에는 얼마나 많은 여성의 텍스트들이 감춰져 있을까. 나는 그 말들의 조련사가 아니라 조력자가 되어야 했다. 네모 칸 안의 네모 칸, 그 속에 들어가 볼펜으로 그은 빗금을 거둬내고 그 말들을 해방시켜야 했다. 나는 말들의 목격자가 되어야 했다. 그것들이 얼마나 열정적으로 한 여성의 삶을, 그 삶의 의미를 묻고 따지고 외치는지 증언해야 했다. 나는 그 말들을 절실하게 쫓되 개입하지 않는, 겸손한 추적자가 돼야 했다. 나는 한 여성의 야성을 길들이려는 힘에 저항하고, 그 야성에 목소리를 부여하는 일에 동참해야 했다. 수십 년 전에 양파껍질과 코를 푼 화장지, 어린이용 스케치북, 플라스틱 봉지, 생선 내장들과 함께 버려진 그 글자들의 주인에게 말해야 했다.

흩어진 말을 모아봐, 문법 같은 것은 신경 쓰지 마, 문학적 표현도 필요 없어. 비린내 나는 말도, 푼돈 냄새 나는 말도 아름다워. 틀린 것을 드러내봐. 틀린 것으로 하나뿐인 정답을 만들어봐, 엄마만의 글을 써줘. 내가 독자가 될게.

어쩌면 엄마는 내가 쓸 수 없는 글을 쓰지 않았을까. 종이 위에 얌전히 누운 글자가 아닌, 야생마처럼 거침없이 달라는 글, 야성이 깨어 있는 여성의 글.

그러나 쓰레기통으로 사라진 그 말들은 이제 이곳에 없다. 나는 더 이상 조력자나 목격자나 추적자가 될 수 없다. 이제 내게 남은 기회는 딱 하나다. 복원사가 되는 것.

내가 이곳에 옮겨 적은 '갈치속젓, 생활비, 글 쓰는 여자, 삶, 잘못된 건 아닐까'라는 말은 오래전 엄마가 전화번호부나 전단지에 썼던 말들과 결코 같을 수 없다. 수많은 말들 중에 내가 선택한 단어들만 나열된다는 것만으로도 내 시선의 개입을 의미하니까. 그때 엄마의 말이 품은 순수한 야성은 더 이상 존재하지 않는다. 그래도 이 복원에는 두 번째 시간을 산다는 의미가 있다. 엄마가 쓴 글을 내가 두 번째로 살아볼 기회 말이다.

내가 글을 쓰는 이유는 두 번째 시간을 살기 위해서다. 부주의와 무관심으로 놓쳤던 타인의 말을 다시 살아보기 위한 것이다. 그 말의 의미를 분석하기 위해서가 아니다. 나는 정신분석학자가 아니니까. 나는 그저 말을 담는 사람, 담은 말에 음표와 쉼표를 그리는 사람, 그렇게 이야기를 만드는 사람이고, 그것은 내가 놓친 것들을 복원하는 방식이다.

오늘 내가 연필로 쓴 진실은 한 여성의 야성이다. 물론 이 진실은 굶주린 늑대와 함께 사막을 장악하길 바라지 않는다. 다만 사막의 모래가 되길 원할 뿐. 고치고 지우고, 깎고 닳아져 사막에 펼쳐진 모래 한 알이 되기를 바란다. 최소 단위의 사막, 그러나 사막의 본질일 수밖에 없는 모래알을 꿈꾼다. 나의 그 사막에 이름을 붙인다면, 그것이야말로 소바주가 아닐까? 어떤 향이 날까? 유리병이 아닌 종잇장에 담긴 나의 진실, 이 소바주의 향기는.

맨발로 오롯이

엄마는 사계절 내내 맨발이다. 겨울에도 양말 신은 모습을 본 적이 없다. 엄마의 발은 햇빛과 흙과 굳은살로 누런 빛이 돈다. 그 발로 여름에는 슬리퍼를 겨울에는 운동화를 구겨 신고 집에서 시장을 통과해 몇십 년째 일하는 가게까지 딱 5분 거리를 걷는다. 느리고 무거운 걸음으로. 사람의 일평생이 그 5분 거리에 다 있는 것처럼.

시장에 있는 가게가 엄마의 일터가 된 것은 아빠의 사업 실패 때문이다. 엄마는 그곳에서 옷, 액세서리, 화장품을 팔았고, 말과 시간을 팔아서 가족을 부양하며 아빠가 잃은 것을 하나씩 되찾아왔다. 엄마가 식구들을 위해 무언가를 해낼 때마다, 회복할 때마다 나는 엄마가 가장으로 사는 시간 동안 무엇을 잃었는지 궁금했다. 양말이었을까. 어느 날, 엄마의 망가진 발을 보면서 엄마가 잃은 것이 양말일 것이라고 생각했다. 여름에 즐겨 신었던 발목까지 오는 단정하고 하얀 양말, 겨울에 포근하게 발을 감싸던 털양말, 자기 자신에게 해줄 수 있는 작은 배려 같은 것. 사람의 신체 중에서 가장 무거운 무게를 견디며 가장 낮은 곳에 있어야 하는 발은 좀처럼 타인에게 위로받기 힘든 부위다. 고된 하루 끝에 이불 속에서 말없이 피로를 감내하고, 다음 날 다시 일어나 걷는 엄마의 맨발은 엄마와 닮았다.

내 발은 엄마가 아니라 '부잣집 게으른 영감'의 발을 닮았다. 발가락이 길고, 발등이 높고 전체적으로 넓적한 발인데, 어릴 때부터 어른들이 내 발을 보면 그렇게 말했다. 부잣집 게으른 영감의 발. 발가락이 길면 천성이 게으르다고 한다. 틀린 말은 아닌 것 같기도 하고…. 여기서 저기로 나를 옮기는 게 그렇게 어렵다. 이 마음에서 저 마음으로 바꿔먹는 것도. 싫어했던 것을 계속 싫어하고, 못하는 것을 계속 못하고. 나쁜 습관을 반복하고. 이게 다 발가락이 길어서일까. 딱히 발에 콤플렉스가 있는 건 아니지만 나는 맨발을 드러내는 일이 거의 없다. 여름에도 양말을 신고, 샌들이나 슬리퍼도 잘 신지 않는다. 깨끗한 양말을 신었을 때 그 폭신한 느낌이 좋다. 맨발은 마치 옷을 덜 입고 나가는 기분이다. 내가 발을 보는 것처럼, 내가 발을 읽는 것처럼 누군가 무심코 내 발을 보고 나를 읽어내는 게 싫다. 내 일은 나의 내밀한 이야기를 꺼내는 것인데, 정작 발만은 들키고 싶지 않은 이 마음은 뭘까. 아무래도 글보다 발에 더 진짜가 있나 보다.

할머니가 전라남도 사투리로 "발가락이 지드란해서 시집가긴 다 틀렸다"고 말할 때마다, '지드란하다'는 '길다'는 뜻이지만, 내 귀에는 '지느러미 같은 발'이라고 들렸다. 지느러미 같은 발로 헤엄쳐 여기 아닌 다른 곳에 가면 좋겠다고 생각했다. 게다가 시집가기 틀렸다니 얼마나 고마운 말인가. 할머니와 엄마의 인생을 되풀이하지 않을 수 있다니! 그 말이 나를 안도하게 했다는 것을 할머니는 모를 것이다. 아니다, 할머니에게도 그 말이 완전한 부정은 아니었던 것 같다. 어느 날은 나를 가만히 불러 "너는 시집가지 말고 혼자 살아라"라고 말했다가 또 어느 날은 "그래도 시집은 가야지, 예쁨받으며 살아야지"라고 말했던 것을 보면, 할머니는 그저 잘 몰랐던 것 같다. 혼자 사는 삶이 무엇인지, 예쁨받으며 사는 삶이 무엇인지. 둘 다 할머니에게는 미지의 세계가 아니었을까.

반면 엄마는 내게 예쁨받으라고 말한 적 없다. 엄마는 내가 예쁨받는 사람이 아니라 예뻐하는 사람이 되길 원했다. 할머니와 엄마는 그게 달랐다. 겨우 살아남아야 하는 시대에 근근이 살았던 사람과 삶의 방식을 고민할 수 있는 세대의 의식이 달라진 것이라고 말할 수도 있겠다. 예쁨받기를 원했던 여성에게서 예뻐하는 여성으로. 수동에서 능동으로. 이제 그다음은 무엇이어야 할까? 거기서 한 발 더 나아간다는 것은 무엇을 의미할까? 아직 다음이 무엇인지 잘 모르겠지만, 분명한 것은 다음을 생각하지 않으면 결국 회귀하게 되리라는 것이다. 티브이에서 '날 예뻐해 줘'라는 몸짓과 표정으로 누군가를 유혹하는 여자아이들을 볼 때, 또 그 여자애들을 따라 하는 다른 여자애들을 볼 때, 나는 어떤 발들을 떠올린다. 예쁨받는 작은 발을 갖고 싶었지만, 전쟁을 피해 오직 살아남기 위해 뛰었던 발, 뽀얀 피부가 누렇게 될 때까지, 보드라운 뒤꿈치에 굳은살이 박일 때까지 자기 삶을 살고자 했던 발. 그러니 부디 둘러봐 주길. 당신이 오늘 서 있는 자리가 어떤 여성들의 고달픈 발걸음으로 이뤄진 것인지. 고민해 주길. 당신의 발의 쓸모를.

지느러미 같은 내 발은 양말 속에 게으른 천성을 숨기고 산다지만, 천성을 이기는 뜨거운 무언가가 찾아올 때도 있었다. 연극 학교에 다닐 때였다. 우리는 모두 무대를 맨발로 올라야 했다. 차가운 무대 바닥이 뜨겁게 달궈질 때까지 뛰어야 즉흥 연기든 텍스트 극이든 시작할 수 있었는데, 몸 쓰는 일에 재능 없던 나는 게으른 발을 질질 끌다가 결국 지쳐서 관객의 역할을 자처하곤 했다. 객석에 앉아 높은 무대를 가만히 바라보고 있으면 처음에야 화려한 몸짓이 눈에 들어오지만, 숨소리, 발걸음 소리가 오가는 고요 속에서 시선은 점차 아래로, 무대 바닥으로 향했다. 발에도 표정이 있다는 걸 아는지…. 무대 위에서는 따라 하기 바빠 눈에 들어오는 게 없었지만, 무대 아래에서는 그걸 배울 수 있었다. 날개를 단 것처럼 날아다니는 애들의 발은 뭔가 달랐다. 걔들은 발가락을 뿌리처럼 썼다. 무대를 땅처럼, 흙처럼 딛고 발가락을 뿌리 내리듯 뻗으면 지력을 받을 수 있다고 했다. 나는 그 말뜻이 무엇을 의미하는지 잘 몰랐지만 걔들을 지켜보는 게 좋았다. 그걸 보면 발 없는 새가 되지 않겠다는 다짐, 허망한 생각을 하며 허공을 떠다니다가 지쳐서 고꾸라지지 않겠다는 각오가 생겼다. 그저 땅에 가깝게, 낮고 깊게 뿌리 내리며 살아보고 싶었다. 이 게으른 천성으로 날개는 가질 수 없겠지만, 내 자리에서 날아가는 모든 것의 아름다움을 지켜보는 목격자가 되리라 다짐했다. 어쩌면 본 것을 글로 옮기는 것이 내 방식의 날개 달기가 아닐지…. 물론 그 날개는 내 어깨가 아니라 타인의 아름다운 어깨에, 내가 발견한 대상에 달리겠지만. 내 발이 나아가야 할 곳은 거기가 아닐까. 행위자가 아닌 포착자의 자리. 내가 목격한 어떤 발들의 아름다움을 말하기 위해. 어떤 말은 날개가 될 수 있으므로. 지금, 내가 엄마의 발에 날개를 달아주고 싶어 하는 그 마음으로.

언젠가 길을 걷다가 엄마에게 물었다.

"왜 양말을 안 신어?"

엄마는 무심하게 답했다.

"몰라. 발이 너무 뜨거워. 그래서 그런 것 같아."

"바빠서 그런가?"

"그럴 수도 있지. 사는 게 정신없으니까."

엄마의 발과 닮은 발을 본 적이 있다. 프랑스 중부지방, 오베르뉴에 살 때였다. 중앙 산지를 차지하는 그 고장의 또 다른 이름은 화산의 땅이다. 어느 늦여름의 해 질 무렵, 친구들과 화산이 잠든 산에 올라 저녁 피크닉을 즐겼다. 헤드랜턴으로 서로의 잔을 비추면서 와인을 마시고, 야간 트래킹을 즐기는 여행자들의 텐트에서 흘러나오는 노래에 어깨를 들썩이기도 했다. 한참 신나게 놀던 그때, 무용수인 친구가 신발과 양말을 벗고, 축축한 풀과 검은 돌을 밟으며 춤을 추기 시작했다. 그러다 발을 다치겠다는 걱정에도 그는 웃으며 말했다.

"안 다쳐. 나는 춤추는 사람이라 발이 나무토막처럼 단단해. 너희들도 벗어봐. 함몰과 융기를 반복한 땅의 기운을 오롯이 느끼려면 맨발이어야지."

헤드랜턴의 불빛을 따라 움직이는 그 두 발을 보며 엄

마를 떠올렸던 것은 굳은살이나 망가진 발 모양 때문이 아니라, 화산의 땅을 제일 먼저 마중하러 나간 것이 그의 발이었기 때문이다. 실체 없는 생각을 만드는 머리나 숨 어서 뛰는 심장, 한없이 가벼운 입술이 아니라, 그의 발이 먼저 세계를 두드리고, 만지고, 느끼는 것을 보면서 나는 그 춤이 엄마가 세상을 대하는 방식과 무척 닮았다고 느 꼈다. 땅을 마중하는 춤처럼 엄마는 매일 생을 열정적으 로 맞이했던 것이 아니었을까.

신나는 음악에 맞춰 공중에 뜬 것처럼 격렬하게 춤을 추던 그가 다시 신중하게 땅을 밟았다. 그의 발은 마치 고 막이 있는 것처럼 땅에 밀착하여 깊은 곳에서 울리는 소 리를 듣고 있었다.

"이렇게 맨발로 서면 내가 땅과 하나가 된 것처럼 느껴 져. 풀이나 돌이나 벌레처럼 땅의 일부가 된 것 같아."

그는 그렇게 말했고, 춤이라기보다 영혼의 의식 같았 던 그 움직임이 엄마와 함께 읽었던 책 속의 말을 떠올리 게 했다.

춤은 무엇을 증명하거나 제시하기 위하여 추는 것이

아니다. 춤은 등의 아름다운 선을 자랑하고 팔다리의 기교를 과시하기 위한 것이 아니다. 무엇을 보여주겠다는 의지가 강해질수록 춤은 보이지 않고 춤추는 자의 몸만 보인다. 보이는 것은 춤이 아니라 '내가 여기에 있으니 나를 보아 주세요' 하고 말하는 사람인 것이다. 그런 춤은 보는 이를 괴롭힐 뿐이다. 그것은 춤이 아니다. (중략) 이제 나의 춤은 완전한 '자기 없음'이 되어야 한다. 관객을 의식해서도 안 된다. 자아를 의식해도 안 된다. 오직 순수한 에너지의 흐름만이 몸에 실려 저 영원의 율동을 남게 해야 한다.*

한때, 엄마와 나는 춤꾼 홍신자에게 매료됐었다. 그의 춤을 직접 보지 못하고 글로만 만나야 하는 일은 문화의 불모지였던 지방 소도시에 사는 슬픔이었지만, 덕분에 커다란 상상력을 키울 수 있었다. 우리는 홍신자의 책을 읽고 머릿속으로 그의 춤을 수없이 그렸다. 어떤 날은 둘

---

*   홍신자, 《자유를 위한 변명》, 정신세계사, 1993.

이 함께 본 것처럼 그 춤을 말할 수도 있었다. 자유로운 춤꾼이자 세계를 떠도는 구도자, 홍신자. 그의 이름 앞에 붙은 수식어는 일상에서 벗어나고 싶었던 우리에게 너무도 매력적이었다. 뉴욕에서 무용을 하다가 인도로 떠나 수행하는 삶을 살았던 그를, 그의 떠날 수 있는 용기를 나와 엄마는 얼마나 동경했던가. 그때 우리에게 자유란 '벗어남'의 또 다른 이름이었으니까. 엄마와 나는 벗어나길 원했다. 엄마는 한 가정을 꾸려나가는 삶으로부터, 나는 나를 보호하고 제약하는 모든 것으로부터. 그것이 자유인 줄 알았다. 먼 곳에 가서도 다시 감옥을 만들게 될 줄은 꿈에도 모르고.

화산의 땅에서 친구의 발을 보며 나는 구도자, 홍신자를 다시 생각했다. 홍신자는 한국을, 뉴욕을, 인도를 떠난 것이 아니라 자기 자신을 떠났다는 것을 땅과 하나가 된 어느 무명 무용수의 발을 보며 비로소 깨달은 것이다. 내가 자유롭기 위해 떠나야 하는 것은 장소나 사람이 아니라 '나', 나의 에고다. 모든 구도는 '나'를 찾기 위한 것이 아니라, '나'를 버리기 위한 길이다. 자유를 찾아 떠나는 발들은 자신을 버리기 위해 먼 길을 걷는다. 한국에서 뉴욕으로 다시 인도로, 극장에서 산으로. 그리고 내가 잘 아는 발, 엄마의 발은 집에서 가게로 다시 가게에서 집으로.

사는 것은 평생 발이 닳도록 걷는 일. 어떤 사람들은 자신을 비우고 오직 춤만을 남기기 위해, 그저 자연의 일부가 되기 위해, 주어진 삶을 뜨겁게 살기 위해 모든 걸음을 바치고, 나는 그런 걸음을 바라보고 기록하는 일을 생각하면 가슴이 뜨거워진다. 나도 그렇게 발이 닳는 감각으로 쓰다 보면 내 안에 깊이 흐르는 용암을 발견할 수 있지 않을까.

"안 지겨워?"

엄마의 퇴근길에 함께 걸으며 물었다.

"여기가 내 인생의 순례길이야. 5분 순례길. 처음에는 왜 이러고 살아야 하나, 그런 마음이었는데 이 길을 지나다니면서 다 없어졌어. 그냥 최선을 다해 사는 거야. 무엇을 하든 어디를 가든. 산다는 것 자체가 얼마나 대단하고 중요한 일이니!"

엄마는 뜨거운 발로 한결 가볍게 나아가며 말했다.

요즘 나는 엄마의 5분 순례길을 걸으며 내가 밟아야

할 길과 나의 걸음을 생각한다. 행위자들을 위한 목격자로, 포착자로, 아름다움의 증인으로. 지금이야말로 지느러미 같은 내 발을 뿌리로 바꿔나가야 할 시간이 아닌가. 게으른 발에 생긴 잔뿌리들이 흙과 얽히고설켜 땅속에 단단하게 뿌리를 내리면 내게도 지력이 생기지 않을까. 하지만 미래는 알 수 없으니, 지금은 그냥 걸을 뿐이다. 구도자가 아닌 여행자의 마음으로. 여행자는 길을 묻는 사람이고, 홍신자는 사랑으로 가득한 자의 손가락은 언제나 정확한 곳을 가리킨다고 말했다. 그러니 이 무지한 걸음이 두렵지 않은 것은 길을 물을 수 있는 사람이 내 앞에 있기 때문이 아닐까. 생을 뜨겁게 만나기 위해 망설이지 않고 걸음을 내딛는 사람, 엄마. 맨발의 엄마가 내 앞에서 걷는다.

우리가 같이 걸을 때

비비언 고닉의 《사나운 애착》을 읽고, 엄마를 데리고 나와 동네를 걸었다. 고닉이 그의 어머니와 뉴욕 거리를 걷는 게 어쩐지 새로운 모녀 서사처럼 느껴졌기 때문이다.*
끈끈한 혈육 관계의 이야기가 아닌, 살면서 놓친 연기 같은 것들을 바라보는 두 여자의 이야기, 그런 모녀 서사를 쓰고 싶었다. 덜 끈끈하고, 덜 달라붙어 있고, 덜 애잔한 글. 그러기 위해서는 일단 집을 나와야 했고, 좀 걸어야 했다. 집 밖으로 나와서 걷는 동안에는 엄마와 나 사이에,

---

* 비비언 고닉, 《사나운 애착》, 노지양 옮김, 글항아리, 2021.

우리가 살아온 삶에 안전한 거리가 형성될 수 있을 테니까. 의욕이 앞섰고, 엄마를 끌고 나오긴 했지만, 사실 엄마는 귀찮아했다. 이럴 때는 우리가 더는 같은 책을 읽지 않는다는 게 아쉽다. 어릴 때 엄마가 해줬던 것처럼 읽은 책을 친절하게 설명해 주는 일이 나는 어렵다. 엄마 역시 내가 어릴 때 그랬던 것처럼 얌전히 듣고만 있진 않는다.

"엄마, 《사나운 애착》은 비비언 고닉이란 작가가 엄마와 자기 이야기를 쓴 건데…" 거기까지 말했을 때, 엄마는 시장 좌판에 놓인 고추를 보고 멈춰 섰다. 요즘은 매운 청양고추가 별로 없는데, 그 고추는 매울 것 같고, 고추를 파는 아주머니는 손이 커서 많이 준다고 했다. 고추 한 봉지를 손에 들고 엄마의 이야기가 시작됐다. 고추 파는 아주머니가 어디에 사는지, 고추 말고 또 뭘 경작하는지, 자식들은 무슨 일을 하는지…. 어느새 이야기의 주인공은 고추 아주머니가 됐다. 고추 아주머니 승! 고닉의 패다.

엄마는 이제 활자로 된 삶에 큰 관심이 없다. 엄마의 관심은 고추, 고추 아주머니, 마당의 잡초, 올해 유난히 꽃이 많이 떨어지는 능소화, 치솟는 물가, 유튜브에서 배운 레시피, 외상값 받는 일 등등, 한마디로 사는 일이다.

엄마가 가끔 "사는 일에 얼마나 정성을 다해야 하는 줄 아니?"라고 말할 때마다 뜨끔하다. 사는 것은 대충인데 백지에 뭐라도 의미를 부여해서 끄적거리고, 종이를 뒤적이며 열심히 뭔가를 찾아내려고 하는 건 아닌지…. 주변을 둘러본다. 내 삶을 엉망으로 방치해 둔 건 아닌가, 아름다운 말을 꺼내고 싶다면서 내 안에 무질서한 말과 생각을 쌓아두진 않았는가. 마음이 복잡해진다. 그럴 때는 그냥 걸으면서 다른 사람이 살아가는 모습을 보는 게 좋다. 한 사람의 질서, 규칙, 그런 것들. 어떤 작품을 읽고 보고 그 안에서 나름의 질서와 규칙을 발견할 때 우리는 자기만의 독창적 해석을 시도해 볼 수 있고, 한 사람의 생도 다르지 않다. 누군가의 삶 안에서 그가 지키려고 애쓰는 질서와 규칙 같은 것을 발견하게 되면, 나는 그의 생을 하나의 작품처럼 읽고 감상하고 해석할 수 있다. 그렇게 내 것으로 소화한 타인의 삶을 글로 옮기는 일이 오랜 즐거움이었는데…. 이제는 잘 모르겠다. 타인을 쓰는 일이 너무 두렵다. 무슨 권한으로 씁니까?라고 물으면, 쓴 글을 모조리 지우는 수밖에.

걷다가 고사리와 버섯을 파는 아주머니를 만났다. 이

제 이야기의 주인공은 고사리, 버섯 아주머니. 그 아주머니가 큰 짐을 들고 시골에서 버스를 타고 시장까지 나오시는 게, 하루도 빠지지 않고 나오시는 게 대단하다는 이야기다. 대단하지! 건성으로 대답하며 생각한다. 버섯과 고사리야말로 이 시대가 원하는 주제라고. 나는 버섯과 고사리를 봉투에 담는 저 손의 주인공은 애써 외면하며, 불과 얼마 전까지만 해도 글쓰기 수업에서 타인을 초대하는 글의 아름다움에 열변을 토했던 내 방정맞은 입을 자책한다. 고사리와 버섯을 쓰자. 고사리와 버섯 님의 생에 누가 되지 않게 쓰자. 그러나 고사리와 버섯은 아직 내가 쓸 수 있는 세계가 아니다. 나는 아직 고사리와 버섯 님의 생에 경의를 느끼기는커녕, 그 존재에 관한 기본적인 지식도 전무하다.

아깝다. 엄마가 들려주는 시장 아줌마들의 이야기가 정말 아깝다. 한 사람, 한 사람 책처럼 펼쳐 읽으면 얼마나 많은 사연이 빼곡하게 적혀 있는지! 고닉의 책 속에 등장하는 브롱크스 다세대주택에 살았던 여자들에게 절대 지지 않는다. 그런데 브롱크스 다세대주택의 여자들은 고닉의 글에 동의했을까? '성적인 분노로 돌아버린'

여자들이란 표현에도? 머리를 잘랐다고 친정아버지한테 뺨을 얻어맞은 세사는 '남편 말고 다른 애인이 있었던 것 같다'라는 추측성 글에 불만은 없었을까? 나라면 어땠을까? 어떤 글쟁이가 내 이야기를 잔뜩 써서 책을 냈다면 화가 나지 않았을까? 쓸수록 변명도, 자기검열도 늘어난다. 쓸수록 쓸 수 없는 게, 말할 수 없는 게 더 많아진다. 그럼에도 불구하고 써야 할 때, 모호한 말로 에둘러 표현하고 싶진 않다. 에세이스트는 삶과 사물과 세계를 언어화한다. 그 과정에서 시적 표현도 좋고 문학적 은유도 좋지만, 말하고자 하는 대상을 끝까지 응시하는 일이 빠져서는 안 된다. 오래 응시한 것을 말할 때, 나는 그것을 에둘러 말할 수 없다고 생각한다. 한 번은 꿰뚫어야 한다. 온몸으로 통과해야 한다. 핵심으로 향해 갈 수밖에 없다. 비비언 고닉은 브롱크스 다세대주택에 사는 여성들을 창가에 놓인 예쁜 화분처럼 말할 수는 없었을 것이다. 그 책에 등장한 엄마를 포함한 모든 여성이 작가가 느끼는 공감과 불안과 분노, 연민을 투사하는 대상이자, 사랑하면서 동시에 증오하고, 지긋지긋하면서 절대 버릴 수 없는 사납게 애착하는 '나', 작가 자신이기 때문이다. 그렇다.

고닉이 자신과 엄마 이야기를 썼듯이 내가 나와 엄마의 이야기를 쓴다면, 브롱크스 다세대주택이 아니라 익산시 중앙동 중앙시장의 이웃들 이야기를 쓴다면, 제일 먼저 해야 할 일은 내 글 속의 예쁜 화분들을 치워버리는 일일 것이다. 숱한 소설을 읽으며 긴 묘사 속 장소의 분위기를 만드는 사람들과 그들의 생을 배경으로 만드는 글에 못 마땅하지 않았던가. 사람의 생을 장식처럼 다뤄서는 안 된다. 도덕주의를 말하는 게 아니다. 나는 모럴리스트가 되고 싶지 않다. 착하지도 못되지도 않은 내가 글 안에서 지나치게 착해지는 건 갑자기 팜므파탈이 되는 것보다 더 이상하다. 도덕과 윤리를 핑계로 자유를 반납하는, 자유를 반납하며 사실은 아무것도 책임지지 않는 글을 쓰고 싶진 않다. 그런 글은 재미없으니까. 그건 내가 아니니까. 하지만 글쓰기는 진실에 다가가는 일이고, 진실에 다가가고자 하는 이가 가져야 할 최소한의 윤리는 있을 것이다. 누군가의 생은 어떻게 다뤄져야 할까?

아니 에르노는 《르몽드Le Monde》지와의 인터뷰에서 오토픽션에는 실제 인물이 등장하고, 그것이 폭력적일 수 있다는 것에 어떤 자세로 임하는지 묻는 말에 "내가 쓰고 있는 책의 진실을 우선으로 한다"라며 "명령하는 것은 책이자 책의 형식이고, 책에 쓰이지 않았다면 책의 형식이 요구하지 않았기 때문"이라고 대답했다.* 아니 에르노의 대답을 읽으면서 내가 궁금했던 것은 '책의 진실'이었다. 그것은 '작가가 생각하는 진실'과 무엇이 다를까? 내가 어떤 사람의 생을 쓸 때, 나의 진실과 책의 진실은 어떻게 나눠질까? 진실이란 말, 참 무섭고 무거운 말이다. 같은 질문에 "다른 사람에게 해가 될 것 같으면 실제 일어난 일이라고 해도 말하지 않거나 가공한다"라는 카미유 로랑스의 대답은 이해할 수 있다. 그는 타인의 비밀이나 수치심을 건드리는 일은 쓰지 않는다고 했다. 무엇보다 인상적이었던 것은 "쓰지 말아야 할 것들이 있다"라는 말이다.**

내 글쓰기는 쓰고 싶은 것과 쓸 수 있는 것, 써야 할 것과 쓰지 말아야 할 것 사이에서 갈등하고 있다. 엄마의 이

---

*   "진실에 관한 모든 글은 열정을 불러일으킨다", 《르몽드》, 2011년 2월 3일.

**   같은 기사.

야기는 이미 고사리와 버섯 아줌마에서 마당의 잡초로 나아갔고, 우리는 작은 동네의 같은 길을 맴돌고 있었다.

엄마는 나를 대신해 내 집 마당의 잡초를 고민했다. 나는 내 안에, 내 글에 잡초처럼 올라오는 욕심을 고민했다. 정말 뽑아내야 하는 잡초인가, 잘 키워내야 하는 식물인가.

"잘 안 보니까 그렇지."

뭐가 잡초인지 잘 모르겠다는 내 말에 엄마가 말했다.

"아니야, 나는 잘 봤어."

내 고집은 엄마를 닮았다.

"잘 안 본 거야."

나는 엄마를 닮은 게 확실하다.

"잘 봤다니까."

질 수 없다.

"그건 경험 부족."

엄마의 공격은 다양하다.

"경험 부족? 그렇게 따지면 인생이 죽을 때까지 경험 부족이지, 뭐."

절대 안 진다.

"그래도 어느 정도 시간을 채워야 가능한 것들이 있어."

이번에는 질 것 같다. 인정할 수밖에 없는 말이다.

"그렇다고 해. 경험이 늘면 눈 감고도 해?"

"그건 아니지."

엄마가 고개를 흔든다.

"그건 또 아니야?"

살짝 화가 난다. 뭐가 이렇게 어려운가?

"매일 똑같은 길을 걸으면 그 길을 잘 아는 것 같지? 절대 아니야. 잘 봐야지. 뭐가 있는지, 구석구석 봐야지, 누가 있는지, 매일 뭐가 달라졌는지, 잘 봐야 알지. 마당도 똑같아."

결국 원점이다. 잘 봐야 한다.

엄마가 이겼다. 아직은 엄마한테 진다. 지고 싶다. 가능하면 오래.

조금 더 걷다가 반찬 가게 아줌마와 마주쳤다. 엄마는 아줌마 얼굴이 안 좋다고 했다. 나는 아침에 아줌마가 폐지와 박스를 주워 리어카로 나르는 것을 몇 번 본 적이 있다고 말했다. 엄마는 안타까운 표정을 지었다. 아니다, 안타깝다는 말로는 모자란다. 엄마는 누군가의 불행이나 불운을 온몸으로 아파한다. 마치 타자의 불운과 불행을 온몸으로 받아들여 그것의 핵심까지 가닿아 언어화하려는 작가처럼. 다른 점은 작가는 이야기가 목적이라면, 엄마는 같이 아파하는 게 목적이다.

반찬 가게 아줌마는 원래 반찬만 팔았다. 폐지를 줍고 박스를 줍는 건 아저씨의 몫이었다. 아저씨는 새벽까지 폐지와 박스를 줍는다. 어느 겨울날, 강추위와 함박눈이 길을 덮었을 때, 집 앞 골목에 앉아 박스를 접는 아저씨를 본 적이 있다. 동네 사람들이 이러다 큰일 나신다, 집에 가시라고 해도 그냥 웃기만 하셨는데, 엄마에게 물어보니 가정 형편이야 정확히 알 수 없지만, 몸이 너무 아프셔서 통증을 잊기 위해 밤에도 나와 폐지를 줍는 거라고 했다. 아픈데 치료를 받지 않고 추위에 폐지를 줍는 게 말이 안 된다는 내 말에 엄마는 사람의 삶이란 타인이 재단할 수 없고, 각자의 사정이 있는 것이며, 내가 옳다고 생각하는 게 타인에게도 옳은 것은 아니라고 말했다. 그날 이후로 아저씨를 만나면 내가 모르는 고통을 달래는 방식에 대해 생각했다. 고통에 대해서도. 그러다 나는 정말 아무것도 모른다는 결론에 이르곤 했다. 아무것도 모른다. 타인이 얼마나 아픈지, 어떻게 고통을 참고 있는지. 모르는 것을 쓴다는 건 부끄러운 일이지만, 부끄러움을 고백하기 위해 쓸 수는 있다.

엄마는 아저씨가 병원에 입원하셨다는 말을 들었다고 했다.

"그런데 아줌마는 왜 폐지를 줍는 걸까?"

내가 묻자, 엄마가 말했다.

"오래 같이 산 부부가 고통을 나누는 방식을 우리가 어떻게 다 알겠니."

엄마는 울상을 지었다.

엄마는 타인의 고통 속에 있었다. 나 역시 강추위와 폐지의 무게와 잠 못 드는 밤의 고통을 조금은 알 것 같다. 물론 짐작과 실제 겪는 일 사이에는 건너기 힘든 거대한 강이 있지만, 몸을 어느 쪽으로 돌리고 있느냐는 중요하다. 타인의 고통을 온전히 끌어안을 수는 없어도 그쪽을 향해 팔을 벌릴 수는 있다. 팔을 벌리는 것, 내게는 그게 중요하다. 세상을 등지고 팔짱을 끼면서 바라보는 것 말고, 엄마가 내게 그랬듯이, 엄마가 타인에게 그랬듯이 세상을 향해 팔을 벌리는 것.

"다음에는 거기서 반찬 좀 사야겠네."

엄마가 말했다.

"엄마는 반찬 안 사 먹잖아."

사실 엄마는 반찬 가게 음식을 잘 먹지 않으니까.

"네가 사 먹어라."

그럴 줄 알았다.

"알았어."

그렇게 됐다.

"조금 사지 말고 많이 사."

이래라저래라 하는 말에 살짝 짜증이 났다.

"많이 사면 버린단 말이야."

"그래 봐야 몇천 원이야."

"누가 돈이 아까워서 그래? 음식 버리는 게 아까워서
그렇지?"

"그러면 나눠 먹으면 되지."

엄마의 목소리가 조금 누그러진다. 같이 산 세월만큼
서로를 얼마만큼 자극할 수 있는지, 얼마나 침범해도 되
는지 허용 범위를 잘 알고 있다. 우리 둘 다 조금 더하면
한쪽이 폭발하거나 큰 다툼으로 이어지기 전에 멈추는

법을 잘 안다. 그렇게 되기 전에 조금 어색하고 성급한 마무리를 해야 한다. 예를 들면 입을 다물고 그냥 걷거나 화제를 돌리거나.

우리는 그냥 걸었다. 걷다가 엄마가 갑자기 물었다.

"그런데 아까 그 책이 왜 좋다고?"

느닷없이 책 이야기. 아까는 들은 척도 안 했으면서.

한숨이 나오지만 대답은 해야 한다. 어른이 말하는데 대답도 안 한다고 등짝을 맞던 기억을 떠올리며.

"나는 그 책이 엄마와 딸을 방구석에 처박아 둔 이야기가 아니어서 좋아."

엄마가 고개를 끄덕였다.

"이제 여자들 이야기도 방구석에서 나와야지."

엄마 말에 고개를 들어 우리를 스쳐 지나가는, 우리와 눈 맞추는, 우리와 만나는 길 위의 여자들을 본다. 시장의 상인들, 집안의 가장들, 60세, 70세 선배 노동자들. 그들의 이야기를 쓰고 싶다. 그들의 삶을 고통을 기쁨을 슬픔을, 그들의 생활 터전을, 노동 현장을, 저녁이 되면 모두 떠나고 삶의 고단함과 쓸쓸함이 거리를 덮는 이 시장을 달래는 그들의 노래를. 뚫어지게 응시하고, 온몸으로 살아보고, 내 피부로 느껴 본 후에. 그들의 삶, 그편에 서서 같이 걸으며 써볼 테다. 물론 끊임없이 의심할 거다. 써도 괜찮을까? 쓸 수 있을까? 세상에 함부로 쓸 수 있는 건 아무것도 없다. 그것이 나 자신의 이야기라고 해도. 온몸으로 느끼고, 끊임없이 고민하고, 좌절하고, 쓸 수 없는 것을 쓸 수 있는 것으로 옮겨보는 것. 최선을 다해 옮겨보는 것, 그게 글쓰기일 것이다. 그래도 쓸 수 없는 것 앞에서는 조용히 고개를 숙이자. 그게 삶일 것이다.

오렌지빛 하늘 아래
당신의 손을 잡고

여름 저녁에는 엄마랑 자두 한 알을 손에 쥐고 서점까지 걸었다. 동네서점은 사계절 내내 자주 다니던 곳이었는데, 그 길을 생각하면 유독 여름 풍경이 떠오른다. 일몰 때문이었을까. 걷다가 하늘을 올려다보면 온통 오렌지빛이었다. 그걸 보면 엄마는 마음이 이상하다고 했다. 마음이 이상한 것은 기쁘다는 뜻일까, 슬프다는 뜻일까. 좋다는 걸까, 싫다는 걸까. 나는 엄마가 자주 쓰던 그 말을 완벽하게 해독하기 위해 애썼다. 물론 불가능한 일이었지만. 언어를 공부할수록 내가 모든 언어를 근사치로 이해하고 있음을 깨닫는다. 나라, 지역, 사람, 동물, 모든 장소와 생물마다 저마다의 언어가 있고, 우리는 자신의 경험과 자기만의 언어를 토대로 짐작하고 해석하고 이해하는 게 전부인 것 같다. 그런 면에서 보면 모두가 서로의 이방인일 테고.

나의 첫 번째 이방인, 엄마. 나는 늘 엄마의 말과 속이 궁금했다. 나를 사랑한다는데 불행한 것 같았고, 사랑과 불행이 어떻게 함께 있을 수 있는지 이해가 되지 않았다. 그때부터 나는 번역자가 되고 싶었다. 사랑하는 이의 말을 내 것으로 옮겨보고 싶었고, 잦은 실패에 절망했지만, 나와 그의 언어가 다르다는 것을 인정하고 난 후에는 관계 속에서 내가 느꼈던 실망이나 절망이 더는 불행이 되지 않았다. 그게 엄마와 나의 다른 점이지 않았을까. 엄마는 모두 같은 언어를 쓴다고 믿었고, 이해할 수 없음을, 이해되지 않음을 힘들어했다. 무엇보다 이해받고 싶었을 것이다. 이제 와 생각해 보니 잘 보이는 곳에 펼쳐져 있던 일기장도, 서점에 갈 때마다 엄마가 들려줬던 책 이야기도 모두 그런 마음이었던 것 같다.

엄마가 들려줬던 책 이야기 중에 제일 재미있었던 것은 《제인 에어》와 《폭풍의 언덕》이었다. 두 작가가 자매라는 사실도 신기했고, 특히 《폭풍의 언덕》에 관한 이야기를 들을 때면 심장이 쿵쾅거렸다. 요크셔에 비바람이 몰아치는 풍경이 눈앞에 그려졌고, 황량한 들판에 바람 부는 언덕에서 말하는 '사랑'이 내가 아는 사랑과 너무도 달라서 매료될 수밖에 없었다. 사납지만 순수한 맹수 같다고 해야 할까. 나는 사랑이 뭔지도 모르면서 내 안에 그 언덕을 그리고 또 그곳에 올랐다. 거기서는 이야기가 폭풍처럼 달려왔고 그럴 때마다 나는 엄마의 손을 꼭 붙잡았다.

그래서 서점에 가는 길이 좋았을까. 읽어본 적 없는 책 이야기를 들으면 내 앞에 엄청난 세상이 펼쳐질 것만 같아서. 하지만 제일 좋았던 건 역시 엄마 손을 잡고 걷는 일이었다. 그 손을 잡으면 어떤 언덕을 올라도 안전할 수 있었다. 나는 그 안전하다는 감각이 좋았고, 오랫동안 그 느낌을 찾아 헤맸다. 누군가의 손을 잡았고, 놓았고, 몇 번의 실패를 겪고 난 후에야 그 감각이 다시 돌아오지 않는다는 것을 알았다. 그렇지만 지금 내게는 하나씩 쌓아 올리는 행복에 가까운 감정이 있다. 말하자면 반려견의 목줄을 잡고 있을 때, 나는 그 목줄이 언젠가 끊길지도 모른다는 불안함을 느끼면서도 그 줄이 나와 연결되어 있다는 사실에 행복하다. 불안할수록 내 악력이 강해지는 것도 좋다. 무슨 일이 있어도 놓치지 않겠다고 다짐할 수 있는 것도. 엄마 역시 불행했던 게 아니라 불안했을 것이다. 물론 추측일 뿐이지만, 답은 그 시절의 엄마만이 알고 있겠지. 엄마의 과거, 지나간 물음을 붙잡고 있는 것은 내 방식의 돌봄이다. 나는 과거의 엄마에게 잘해주고 싶다. 그건 나의 근원지를 돌보는 일이니까. 과거의 엄마에게 대답해 주고 싶다. 그건 지금 내게 필요한 질문을 찾는 일이니까.

"나는 뭘까?"

어느 날 서점에서 돌아오는 길에 엄마가 물었다.

"엄마는 엄마, 우리 엄마."

나는 대답했다.

엄마는 내 대답에 웃었던 것 같다.

언젠가 내가 물은 적도 있었다.

"엄마, 나는 뭘까?"

"그 답을 찾아가는 게 인생이지. 살다 보면 알지 않겠니?"

엄마가 말했다.

그때도 엄마는 엄마가 무엇인지 잘 몰랐던 것 같다. 엄마가 알고 있는 게 전부가 아니라 다른 무언가 있으리라 믿었던 것 같다. 아니면 그 무언가를 잃어버렸다고 생각했는지도. 그런 건 없다고 말한다면 실망할까. 그래도 내가 찾은 답을 말해주고 싶다. 20년 전 여자아이의 손을 꼭 쥐고 서점을 향해 걷던 여자에게, 자기 안에 중요한 무언가를 잊은 것 같다고, 잃어버린 것 같다고 일기장에 썼던 엄마에게 말이다.

이야기는 우리가 자주 갔던 그 서점에서 산 하이틴 로맨스 소설로 시작된다. 물론 내가 한때 하이틴 소설 마니아였다는 사실도 고백도 해야겠지. 제목을 '하이틴 소설을 사랑한 여자아이'라고 붙인다면 누군가는 진부하다고 생각할까? 그렇다면 되묻고 싶다. 무엇이 진부한가? 하이틴 소설, 여자아이, 사랑. 이 세 단어에서 진부한 것을 발견하는 사람은 아직 하이틴 소설을, 여자아이를, 사랑을 모르는 것이다. 아니, 잊은 것이다. 잃은 것이다.

하이틴 소설을 사랑한 여자아이가
중요한 무언가를 잊어버린,
잃어버린 당신에게 들려주고 싶은 이야기

좋아했던 소설의 몇몇 장면들을 생생하게 기억합니다. 줄거리는 잊었어도 어떤 장면들의 디테일한 묘사는 기억하고 있어요. 사실 내가 좋아했던 것은 줄거리가 아니라 디테일이었던 것 같습니다. 지극히 평범한 연애 이야기에도 디테일이 더해지면 모든 게 달라지거든요. 비버리 클리어리의 《오렌지 향기는 바람을 타고》가 그래요. 정말이지 그 책은 디테일이 전부입니다. 1년 내내 비가 오는 오리건주에 살던 10대 여자아이, 셸리가 1년 동안 캘리포니아의 학교를 다니게 되면서 일어난 일을 다룬 그 하이틴 로맨스 소설은 자칫 진부할 수 있는 로맨스를 어디선가 오렌지 향기가 날 것 같은 디테일한 표현들로 구원합니다. 나는 그 소설을 약 30년 전에 읽었어요. 사실 주인공 셸리가 어떻게 사랑을 만나고 헤어졌는지 하나도 기억나지 않습니다. 그런 이야기는 이제 중요하지 않습니다. 내 사랑은 오렌지와 캘리포니아와 전혀 상관없다는 것을 잘 알고 있으니까요. 그래도 선명하게 기억하는 게 있습니다. 바로 주인공 셸리의 첫사랑, 필립의 코입니다. 정확히는 그 문장을 기억하는 것이지요. 캘리포니아 태양에 그을린 필립의 코와 처음으로 필립의 코를 가까이 바라보게 된 셸리의 마음, 오렌지 향기로 뒤덮인 밤공기를 묘사한 그 문장이요. 소설의 그런 사소한 장면이 내 삶과 가치관에 어떤 도움을 줬는지 묻는다면, 딱히 뭐라고 대답해야 할지 모르겠습니다(물론 마음에 드는 남자를 만났을 때, 코를 유심히 살펴본 적은 있었습니다). 하지만 그래도 중요한 것 하나는 얻었지요. 소중한 순간을 무심히 흘려보내지 않고 붙드는 방법이요. 하이틴 로맨스 소설은 다시 오지 않는 삶의 마법 같은 순간을 내 안의 보물 상자에 담아 간직하는 법을 알려줬습니다. 그 상자를 열면 셸리가 아니라, 필립의 코와 오렌지 향기가 나는 밤거리를 상상하던 내가 있습니다. 내가 아는 필립은 필립모리스 담배가 전부이고, 캘리포니아에는 가본 적도 없지만,

어떤 코와 나만의 장소를 그리워합니다. 그걸 온몸으로 감각하던 내가 제일 그립고요. 아마 40년 후에도 그 상자를 열면 뜨거운 태양과 오렌지 향기가 있을 겁니다. 그리고 그건 분명 후회의 반대말이겠지요.

지금부터 40년 후의 내 모습을 상상해 봅니다. 아니, 상상할 것도 없습니다. 나는 이미 잘 알고 있거든요. 너무 선명해서 그릴 수도 있습니다. 어느 여름일 거예요. 나는 얼굴이 칙칙해 보이는 게 싫어서 색이 환한 옷을 입고 있을 겁니다. 당신이 말했잖아요. 내가 환한 색이 잘 어울린다고. 나는 80세가 되어서도 당신의 말을 떠올리며 환한 옷을 고를 겁니다. 환한 옷. 그건 내 곁에 없을 당신을 향한 환한 그리움이겠지요. 그런 그리움이 찾아오면 뭘 할 수 있겠어요? 샴페인을 마셔야죠. 나는 샴페인을 좋아하고, 80세쯤 되면 꼭 생일이 아니어도 그런 비싼 술을 마셔도 되지 않을까요? 꼭 샴페인이면 좋겠습니다. 혼자 건배해도 즐거울 수 있는 술이니까. 네, 나는 자주 혼자일 거예요. 노년이란 그런 것이잖아요. 그렇지만 나는 그을린 코와 오렌지 향기, 이제 내 곁을 떠난 사랑하는 이들, 그들과 함께 살아온 인생을 위해서 건배할 겁니다. 물론 샴페인은 플뤼트 글라스에 따라 마실 거예요. 내가 말했잖아요, 디테일은 전부라고요. 그럼, 이제 건배. 살아온 인생을 위해 건배. 그런데 인생이란 뭘까요? 낮잠 한숨 자다가 일어났는데, 어느새 많은 것들이 떠나고 덩그러니 나만 남겨지는 그 인생이란 무엇일까요? 맞아요. 당신이 그랬듯이 내게도 그런 질문들이 찾아오는 순간이 있을 겁니다. 그렇지만 나는 답을 이미 알고 있어요. 인생이 뭐냐고요? 그건 여름 저녁의 일몰입니다. 당신이 여자아이의 손을 잡고 걷는 동안 당신의 머리 위에 있던 그 오렌지빛 하늘이요. 당신이 신었던 슬리퍼, 뒤로 묶은 머리카락, 헐렁한 치마, 당신의 걸음걸이, 우리 앞에 자동차가 지나갈 때 내 손이 아플 정도로 힘을 줬던 당신의 손, 잘 깨지고 부서지던 당신의 손톱, 나와 똑같은 그 손톱. 나는 그런 게 인생이라고 말할 겁니다. 매일 반복했던 것, 자주 함께했던 것, 손에 쥐었던 것, 걸었던 곳, 나눴던 말, 그런 것이요. 어때요? 당신이 지금 품고 있는 질문에 작은 힌트가 되었나요?

당신이 뭐냐고요?

나도 가끔 같은 질문을 합니다.

우리는 뭘까요?

언젠가 당신은 내게 헤르만 헤세의 《나르치스와 골드문트》*를 선물했어요. 아마도 우리 안에 있는 나르치스와 골드문트를 찾고 싶었던 거겠죠. 당신은 하나의 존재 안에 대립이자 보완되는 두 존재가 있고, 둘 중 누구를 깨워 사느냐에 따라 인생이 결정된다고 생각했을 거예요. 당신이 내게 이렇게 물었거든요.

"너는 누구야? 너는 누가 되고 싶어? 나르치스야? 골드문트야?"

그때 나는 골드문트라고 대답했습니다. 자유로워 보였으니까요. 자유가 뭔지 모르면서. 지금 누군가 내게 똑같은 질문을 한다면 내 대답은 조금 다를 겁니다.

내가 누구냐고요? 나는 서점 가는 길에 《폭풍의 언덕》과 《제인 에어》, 《나르치스와 골드문트》를 이야기하며 노을을 보고 자두를 먹었던 사람입니다. 한때 당신의 손을 절대 놓치고 싶지 않았던 사람, 그게 나예

---

*   엄마가 내게 선물한 《나르치스와 골드문트》는 1988년 《지와 사랑》이라는
     제목으로 일신서적 출판사에서 출간된 책이다.

요. 여름 저녁, 노을, 자두, 서점. 당신의 손, 당신과 내가 나눴던 모든 것이요.

내가 인생의 마지막 건배를 한다면, 그때 내게 남은 건 브론테 자매나 헤세의 문장이 아닌 당신의 말일 겁니다. '엄마가'로 시작하는 말, 그 모든 말이요.

당신, 지금 집으로 돌아가고 있나요?

손에는 어떤 책을 들고 있나요? 그 책을 읽고 여자아이에게 무슨 이야기를 들려줄 건가요? 그런데 어쩌죠? 여자아이의 마음은 이미 오렌지 향기가 날리는 캘리포니아에 있는 것 같은데. 그것도 모르는 당신은 방금 "하늘이 오렌지빛이다"라고 말했어요. 정말인가요? 지금 하늘이 오렌지빛인가요? 여자아이의 손은 얼마나 작나요? 그러고 보니 여자아이와 당신은 손톱이 똑같아요. 작은 것도 놓치지 말고 자세히 봐야 해요. 당신이 말했잖아요. 디테일은 모든 것이라고. 정말 그래요. 우리가 기억해야 할 것은 그게 전부예요.

하이틴 로맨스를 사랑한 여자아이의 이야기는 여기서 끝난다. 물론 완전한 결말은 아니다. 질문은 또다시 찾아올 테니까. 어쩌면 나의 언어로는 이해할 수 없는 물음과 이야기들이 나를 좌절시킬지도 모르지만, 그런 날에는 서점에 들러볼 생각이다. 읽고 쓰는 것이 마냥 좋은 여자아이들이 또 거기서 놀라운 세계를 짓고 있지 않겠는가. 그 애들이 써줄 이야기를 기다린다. 그 애들은 내가 가닿지 못한 곳을 갈 수 있겠지. 내가 놓친 말들을 옮길 수 있겠지. 그건 아마도 새로운 여성 서사일 것이다. 나이를 먹는다는 게 이렇게 좋은 것이란 걸 처음으로 느낀다. 그래, 좋은 것이구나. 이건 정말 샴페인을 터뜨릴 일이다.

사랑을 연습한 시간

글을 쓰는 동안에 엄마를 자주 생각했다. 엄마가 눈앞에 있을 때도, 엄마와 밥을 먹을 때도, 엄마와 나란히 걸을 때도 나는 엄마를 생각했다. 생각 속, 글 속의 엄마와 현존하는 엄마 사이에는 거리가 있었다. 고치고 다시 쓰기를 반복해도 좀처럼 좁혀지지 않는 거리였다. 엄마를 생각한 것만큼 그 '거리'를 생각했다. 그것은 삶을 질료로 글을 쓰는 나에게 피할 수 없는 질문이었고, 사실과 진실, 나의 진실과 타인의 진실 그 사이를 치열하게 고민하게 했다. 고민할수록 글쓰기는 어렵고, 점점 힘에 부쳤다. 하지만 나는 묻기를 멈추지 않아야 하고, 답을 찾아야 하고, 답이 없을 때도 써야 한다. 그것이 삶을 쓰는 일이 아닌가 싶다.

엄마를 쓰면서 글과 삶을 나란히 살아보는 특별한 경험을 했다. 엄마여서, 엄마가 내 앞에 있어서 가능했다.

엄마를 생각하는 일은 낯설었다. 어떤 날은 그 생각이 모두 굴레 같았다. 동어의 반복 같았고, 엄마를 생각하면서 쓸 수 있는 말, 단어의 한계도 느꼈다. 어떤 대상을 잘 모를 때, 그런 감정을 느낀다. 잘 안다고 생각했는데, 막상 아는 게 하나도 없을 때도. 하지만 또 어떤 순간에는 많은 단어가 필요하지 않다고 생각했다. 야만의 시대를 살아온 어떤 여성의 삶을 말하는 일이 그랬다. 적은 단어로도 그 생을 말할 수 있다는 게 어쩐지 화가 났다. 누구를, 무엇을 향한 분노인지는 알 수 없었다. 아니, 분노보다 억울함에 가까운 감정이었으리라. 나는 엄마의 어떤 시간과 애씀이, 글을 칼과 방패처럼 쓴 여자들의 투쟁이 억울했다. 겨우 여기에 오기 위해서. 아직도 끝나지 않은 야만을 살아내기 위해서라고 생각하면…. 그래도 엄마와 엄마의 책장에서 만난 책들과 우리의 기억을 쓰는 게 좋았다. 쓰지 않으면 존재하지 않는다는 아니 에르노의 말이 내게는 등불이었다. 우리 안에는 우리만이 아니라 수많은 여성의 이야기가 함께한다는 감각도 나를 쓰게 했다.

이곳에서 내 문장의 주어는 대부분 '나'와 '엄마'다. 언제나 일인칭 화자로 말했던 내가 처음 시도하는 주어의 확장이다. 한 개인의 내밀한 이야기를 꺼내는 일에 대해 자주 의심하고 고민했다. 한 사람의 목소리, 인생, 그 커다란 것을 담기에 내 글이 너무 작다는 것도 확인했다. 나는 한 조각, 일부만을 말할 뿐이고, 그래서 자신 있게 말하는 확신에 찬 글쓰기는 늘 불가능했다. 하지만 글쓰기는 내게 불가능한 것을 불가능한 것 그대로 말하는 법을 가르친다. 의심해 보고 고민하며 조심스레 꺼내는 일 또한 쓰는 사람의 용기라는 것도. 다만 내가 무엇을 쓰든 그것이 불완전한 진실이라는 사실을 잊지 않을 것이다.

마지막 문장을 쓴 지금, 나의 틀림과 실수와 오해를 꺼내놓는 일이 부끄럽지는 않다. 이 모든 것이 사랑을 연습한 시간이라는 것을 알고 있으니까. 연습이라는 말이 좋다. 내가 사랑을 어떻게 완성하겠는가. 그냥 연습하는 시간을 살고 싶을 뿐이다. 틀린 걸 고쳐나가며, 실수를 줄이며 조금씩 나아지면서.

당신에게 이 연습장을 내놓는다.

내 것 위에 혹은 내 것을 지우고 당신의 사랑을 써보기를.

이 모든 시간이 연습이라 생각하면 무서울 것도 아까울 것도 없다.

더 잘 사랑할 수 있을 것 같다.

엄마와 나의 책들

사랑을 연습한 시간

초판 1쇄 발행 2024년 11월 15일

글쓴이 신유진
디자인 소요 이경란
표지 그림 한차연

펴낸곳 오후의 소묘
출판신고 2018년 8월 30일 제 2018-000056호
sewmew.co.kr@gmail.com

ISBN 979-11-91744-38-5 03810